悟在文学中成长·中国当代教育文学精选系列

高长梅 王培静◎丛书主编

雨是花蕾
雪是花

李冬梅

著

花山文艺出版社

河北·石家庄

图书在版编目（ＣＩＰ）数据

雨是花蕾　雪是花 / 李冬梅著. -- 石家庄 ： 花山文艺出版社，2012.8（2024.6 重印）
（读·品·悟：在文学中成长·中国当代教育文学精选系列 / 高长梅，王培静主编）
ISBN 978-7-5511-1395-3

Ⅰ．①雨… Ⅱ．①李… Ⅲ．①散文集－中国－当代 Ⅳ．①I267

中国版本图书馆CIP数据核字(2013)第186077号

丛 书 名：读·品·悟：在文学中成长·中国当代教育文学精选系列
丛书主编：高长梅　王培静
书　　名：**雨是花蕾　雪是花**
　　　　　YU SHI HUALEI　XUE SHI HAU

著　　者：李冬梅

策　　划：张采鑫
责任编辑：李倩迪
特约编辑：李文生
装帧设计：北京九洲鼎图书有限公司
美术编辑：王爱芹
出版发行：花山文艺出版社（邮政编码：050061）
　　　　　（河北省石家庄市友谊北大街330号）
销售热线：0311-88643299/96/17
印　　刷：三河市中晟雅豪印务有限公司
经　　销：新华书店
开　　本：710mm×1000mm　1/16
印　　张：12
字　　数：175千字
版　　次：2013年9月第1版
　　　　　2024年6月第3次印刷
书　　号：ISBN 978-7-5511-1395-3
定　　价：49.80元

CONTENTS | 目 录

Chapter 3

第三辑 纸上旧时光

CONTENTS | 目录

Chapter6

第六辑 善待微笑

Chapter 7

第七辑 好心情是自己给的

Chapter 8
第八辑 留一段风景作向往

第一辑 / **谁是你生命中的贵人**

谁是你生命中的贵人

与一位颇有成就的朋友聊天,谈到机遇与成功的问题时,朋友扳着手指,向我列举成功道路上助过他一臂之力的贵人:

高中的班主任首当其冲,可以说如果当年没有这位贵人,就没有他的今天。

那年高考落榜,正是这位可爱可敬的班主任,步行了几十里山路,说服他父亲让他返校补习。第二年,他终于不负众望地考上了一所重点大学,从一个农村人脱胎换骨成为城里人。这是一次跨时代的变化,假如没有这位班主任,他现在可能是木匠或者是泥水匠,也或者还守着那座贫瘠的山村,一步一弯腰地耕种着微薄的希望。二十年的时间过去了,班主任的功绩在他的心目中丝毫没有被抹杀,这让我也为之感动。

大学文学社社长是他事业成跨越式发展的第二阶梯,他与他之间,是伯乐与千里马的关系。

假如没有这位学长意外地发掘出他的文学天赋,他会与其他人一样,"骈死于槽枥之间"。是学长让他开掘了人生的第一桶金,他的铅字人生就此拉开了序幕,也正是那一页页的铅华,成为他机遇逐步累加的一块最坚硬的磐石。如果没有这位伯乐式的学长,他的人生轨迹将偏离成功的路线,与其他碌碌无为的同学毫无两样。这位学长是他人生道路上的第二个贵人,多年以来,与他的大学记忆并排珍藏在他大脑皮层最敏锐的部分。我也觉得这位学长无愧于朋友的感激。

工作单位的院长是他事业成直线上升的第三位贵人。

假如没有这位院长的礼贤下士,他会回到生他养他的小城,选择一份稳定而又平静的部门,在一杯茶、一张报纸间虚度了他的青春韶华。一则人才招聘启事，唤醒了他沉寂的意识，他勇敢地选择破釜沉舟。恰恰是这位贵人的鼎力扶持，才成就了他事业的辉煌，与仕途的腾达。院长的知遇之恩，是他一辈子感激不尽的。我同意他的看法。

这些贵人，如同站在十字路口的警察，关键时刻，指点他走上一条正确的道路，而另一些人，却仍然在迷宫里徒劳地转着圈。他得益于这些贵人，也无时无刻不感激着这些贵人。他应该是一个懂得感恩的人。

回来的路上，我一直在思量他所感激的人，无论是班主任、学长还是院长，都是对他的事业、前程有着举足轻重作用的人，当然也值得感激，但他的亲人、爱人、朋友，竟无一例外地被排除在贵人之外。或许给予他生命的人，并没有让他感受过事业有成的喜悦，他逐渐在拼搏的疲惫中将他们淡忘；或许给予他爱情的人，也不能让他体味财富的震撼，他无须时时将她记挂在心尖上；或许给予他友情的朋友，也不能让他品尝到地位的优越，或许对这样的朋友，他甚至不屑提及。

事实上，几乎所有的人，都在潜意识中，有这样的分水岭：可以给我们金钱、名誉、地位带来转机的人，才是我们生命中的贵人，而那些给予我们生命、亲情、爱情、友情的人，则是生命中最容易被忽视的陪客。

总有一趟车你追赶不上

作为上班一族，每天的必修课就是追赶公交车。为了让时间最优化，尽可能少地将时间浪费在路途中，我总是刻意把时间安排到最后一刻，好让自己踏上站台的最后一秒，4路公交车恰好在面前戛然而止。这是最理想的设计，最好上车还可以有座位，那结局就更加完美了。

不过，更多的时候，是远远地看见公交车在站台上停靠，还没等我赶过去，车子已徐徐启动了。驾驶员丝毫没有怜香惜玉之情，全然不顾及我还穿着高跟鞋，在一车之隔处穷追猛喊。公交车头也不回地绝尘而去，只剩下我无奈地站在一片尴尬之中。

我开始后悔，倘若早半分钟出发，完全是另一种结局。无数种可以改变现状的假设在头脑中涌现：假使我可以跑得再快半拍，假使驾驶员可以给我半分钟的等候，假使有更多的乘客在门前拥堵一会儿……但所有的设想都在现实面前宣告破产。我唯一可以做的，就是明天提早半分钟出发。

第二天，为了给自己留下足够的时间，我刻意提前出门。但运气并不见好转，4路公交车再次与我擦肩而过。原来我提早出发，后一趟公交还没有来，前一辆才刚刚走。公交车冷漠地从我身边驶过，没有给我留下丝毫缓和的余地。

终于有一天，我发现，在这世界上，总会有我赶不上的那趟车。纵使我再提前十分钟、二十分钟，同样有可能错过某一趟班车。路的前方还有前方，前方是没有止境的。

环顾周遭，熙来攘往的车辆，宛若旅途中川流不息的机遇。机遇接踵而来，恰似拥堵在站台上的公交车。每辆车都有着各自的方向，不同的车辆，为不同路线的乘客提供方便。载负着他们，驶向各自的终点。人生如路途，车辆如机遇，有了车行的速度，路途变得更加快捷便利。

站台前公交车一拨又一拨，为站台上的乘客提供大小不一的机遇，我们常常会搭错车。不适合自己的机遇，非但不能给予我们捷径，反而会导致我们偏离既定的方向。当公交车停驻在脚下，却与你的方向背离时，很少有人只为了乘车，而随意踏上其中的一辆。但生活中，却有很多的人，会因为刻意谋取所谓的机遇而轻易迷失方向。

有时候，我们刚到站台，机遇就接踵而来，我们的路途因此异常顺畅。但更多的时候，机遇如同你我追赶不上的车辆：即便与她撞个满怀，她也不会因为我们的招手，随时随地为我们停泊。机遇不会招手即停，我们可以做的，就是毫无条件地在站台上守候下一个希望。

大街上流动的车河，宛如俯拾即是的机遇。机遇虽多，属于我的却很少；属于我的，我可以追赶得上的，是少之又少。人生如路，公交车恰似机遇，并不是每一次你我都可以如愿以偿地赶得上。

人在旅途，总有一些机遇我们会错过。

 # 寻找幸运草

这是一种寻常草，小区和校园的草坪上，随处可见，我从未留意过它们的身影，它们太寻常了。直到有一天，爱人移栽一束于花盆中，我好不诧异：这样的野草，怎么配登堂入室呢？

为了打消我的困惑，爱人向我解释：这种三叶草学名叫苜蓿草，通常只有三瓣叶子，长出四瓣叶子的机率只有十万分之一，谁要是找到四叶的苜蓿草，就意味着谁找到了幸福，并会得到上天眷顾。因此，四叶草又被称为"幸运草"。"幸运草"之名，相传源自拿破仑：一次，他正带兵经过草原，发现一株四叶草，甚觉奇特，便俯身摘下。恰在他弯腰的刹那，刚好避过一枚向他射来的子弹，逃过一劫，从此他便称四叶草为"幸运草"。倘若幸运之极，还可以找到五瓣叶子的，五叶草被喻为"可拥有统治大地的权利"。

这个美丽的传说，引发了我对幸运草的狂热，晚上散步的时候，总喜欢流连在草地上，期盼着能够如愿找到一片幸运草。时间久了，幸运草的概念，在我的心头逐渐根深蒂固，我心目中是四叶草，那已经不是一片寻常草，而是喻示着幸福与机遇。皇天不负有心人，我终于找到了一片幸运草。欣喜若狂的我，小心翼翼地将这片叶子压制塑封为一枚书签。那段时间，我天天沉浸在幸运草的幸福与快乐之中，还不时向身边的朋友展示幸运草的风采。

一天下午，下班等校车的时候，我和同事阿华在校园的草地上散步，看到一丛丛长势旺盛的三叶草，忍不住又俯身仔细找寻。阿华也在我的带动下，开始寻找四叶草。我们俩的埋头苦寻，惹来很多同事好奇的目光，甚至还有人加入了我们的行列。

细雨过后，小草微微含露，折射着夕阳的碎金。这种不起眼的小草，居然有这么美丽的外形，心形的叶片，交叠在一起。迎着阳光，还可以看到翠嫩的叶片上一层细细的绒毛，在迎风摇曳，煞是婀娜。我顺着草丛，找过来，又寻过去，却是苦寻无踪。为了不放过每一片叶子，我用一片较大的三叶草做比对，一行一行地筛选。正在这时，阿华叫我："你看看这是不是四叶草！"我跑过去一看，天啦，这居然是一片五叶草——代表着拥有统治大地的权利的五叶草。五叶草在同事们的手中传递着，他们都好像在欣赏幸福与权利一样，认真地端详着它，并区分着它与三叶草的不同。

我们都赞叹着，祝福阿华找到了权利和幸福。我叮嘱她，把这片五叶草夹在书中定型，最好塑封保存。而她，却随手将这片五叶草递给我："给你吧，我不会塑封！"我接过来对她说："那我把它定型塑封好再带给你！"她笑着说："不必了，送给你了，你是有情调的人，它对你有意义，但对我而言，只不过是一片草而已！"

这句话连同那片五叶草，一同被我塑封珍藏起来，因为我是真正找到并领悟幸福的人。按照同事的话，我眼里的幸福，在别人的眼里或许只是草芥。可我的理解却是，别人心中的寻常事，我却是可以当成幸福来享受的。也许幸福的最高境界，就是"山非山，水非水，花非花，草非草"！

错过是另一种邂逅

像我这样生长于农村，吃过油菜秧，掐过油菜花，还在油菜地里捉过蜜蜂蝴蝶的人，特意驱车五个小时去婺源看油菜花，是不是有点儿矫情？何况春色将尽，半个月前，摄影的朋友就去那里采风了。

油菜花花期通常是半个月左右，倘使运气好，还能赶上趟儿，一路上我暗自思忖。

车往南行，我的心一点儿一点儿地往下沉，沿途油菜花渐次稀疏，未到婺源，已是繁花凋敝，田里只有青绿的秸秆。从地图上看，两地只有两厘米的距离，纬度相隔不到三度，几乎感觉不到温差，花时怎么就相差这么多呢？真是好花不常开，好景不常在？倘使早来半个月，就定不会无花空折枝了。油菜花是婺源一景，缺了此景，心头仿佛被人无端啃了一口。

外出旅行，最希望天气晴朗、风和日丽。早几日就在网上查询婺源周末的天气，天公不作美，竟然是大雨。几位没有带雨伞的同伴，被大雨淋成落汤鸡，游兴尽消。我们虽带了雨伞，但雨中观景有诸多不方便，本该涉猎的，因为雨大路滑，有的风景只得驻足遥看，行程大打折扣。

连日阴雨叨扰，去卧龙谷时，我们已十分疲惫。初入峡谷，清凉透彻，雨后山谷，寒气直逼。沿着潺潺的溪水，向深山进发，沿途水声轰鸣。连日雨水，上游储水量倍增，水势洪大。卧龙潭上下落差很大，瀑布挂在绝壁上，宛如轻盈的白练。山绿水清，白色瀑布，艳色映山红，碧蓝的潭水，与九寨沟相差无几。本以为连日雨水乱了雅兴，谁知歪打正着，这些瀑布更丰盈盛大、有生命力了。

深涧水青，悬崖边有成片玫红色的野花，水滋养着，娇艳欲滴。仿佛在伸手可及处，当你探下身子，却发现它始终与你有一臂距离，或许美的东西都是看似切近。不到园林，怎知春色如许？

导游说"婺源"乃是"婺水"之源，而卧龙谷便是这源头所在。婺与"务"同音，本意是美丽的意思。"婺"字从矛从文，意指女子文武双全，这样的女子云集，婺源自然成了美丽之源。

树养人丁水养财，高大的香樟，清澈的溪水，是婺源随处可见的景致。去李坑时，还未进村，但见溪水九曲连环。河道中停了几只竹排，见游客过往，船家热情招呼着。缘溪而上，不到半里便是李坑。村中多明清古建筑，青石古道，小桥流水，倒有几分古雅。在陌生地方，我很容易转向。若不是导游介绍，我竟没发觉这溪水竟然向西流淌。

古往今来，"一江春水向东流"似成惯例。溪水西行也有范例，蕲水清泉寺前的兰溪便是西向而流，这还引发东坡居士"谁道人生无再少？门前流水尚能西"的感慨，今日得以亲见，其中感慨又多几重。

好景随缘取，从来不相负。只以为误了花期又逢阴雨阻隔，是错过，却成就了另一番邂逅。人生何尝不是这样？

增加生命的宽度

提到杨冶天，大家可能觉得有点儿陌生，不过，要是说到他的父亲——著名电影人杨在葆，很多观众耳熟能详，尤其是中老人。20世纪80年代，杨在葆在银幕上是以演军人而成名的。他扮演的角色，从奴隶到将军》《红日》《代理市长》等电影中一系列英雄形象，在荧幕上为中国男人树立了阳刚硬汉的标准。

杨冶天是杨在葆唯一的儿子，1996年，杨冶天在北京旅游时，朋友拉着他去做体检，身体一直很健康的杨冶天觉得朋友盛情难却，但根本没把体检当回事。结果出来了，出人意料，他竟身患尿毒症。

患病十七年来，杨冶天是一脚踏在阳界，一脚踩在阴间的。病危通知书都下了好几次。有一次，医生对他家人做了交代："杨冶天就在这两天了！"躺在病床上濒临死亡的杨冶天觉得浑身都难受，但他的头脑中根本没有"死亡"的意识。他总问自己："怎么这么难受呢？或许明天就会好了吧？"谁都预料不到，就是这样一位几次被认为已经要死的人，居然又顽强地活了过来。

最危险的一次，是在做手术时，动脉血管大出血，做手术的医生身强力壮，一米八的个头，双手用力摁住动脉血管，都摁不住血流，只得将膝盖顶在杨冶天的腹部才按住了血管，止住了血。就是在这一次，他的心脏停止了跳动。所有的人都以为杨冶天这次真的没戏了，全家人沉浸在悲痛之中。结果让所有的人又为之震惊，杨冶天再次战胜了死神。

后来，杨冶天回忆，当时他感觉自己正在向一个深谷坠落，但有一个人慢慢把他托了起来，那个人就是日夜守护着他的妹妹。治疗期间，与死神战斗的过程，不仅仅有杨冶天，还有他的家人，或许正是有这样坚实的后盾，才能够把杨冶天一次又一次地从死神手中抢回来。

一个星期有七天的时间，但杨冶天说，他的一周只有四天，另外三天，杨冶天都要躺在医院的病床上做透析。患病十七年，大多数时间，杨冶天都是在病床上度过的。

杨冶天是乐观坚强的，刚开始得知自己患了尿毒症，一时不能接受，也消沉了一段时间。但这段时间极为短暂，只有一个星期。一周后，他接受了患病的现实，又恢复了往日的乐观。

父亲杨在葆夸他是个"伟人"，因为在他看来，所谓伟人，就是伟大的人，别人不能做的事情，他能做到。与病魔作斗争的过程中，杨冶天做到了常人不能做到的事情，一次又一次地击败了死神，所以，他可以算得上是伟人。

从医学角度判定，杨冶天是一位丧失劳动能力的人，当他身体稍微好一点儿时，就打算去创业，他不想自己成为别人的负担，并且还经常亲自开车送货。继母看在眼里,疼在心里,劝慰他:"每个人都会遇到低谷,遇到低谷,快速地通过就行了!"杨冶天的一句话让她难过得不知道如何去安慰他:"我的低谷太多了!"

有一次,在打点滴时,父亲杨在葆打电话问他:"你在做什么呢?"杨冶天坐直了身体,振作一下精神,故作轻松地说:"我在喝咖啡呢!"他就是这样一个人,从来不想大家为他担心。后来,身边的人发现了一个规律,一旦杨冶天说他感觉不好的时候,下一刻他可能会立即晕倒。原来,不到万不得已,他是不会给别人添麻烦的。

杨冶天是快乐的,以至于身边的朋友都没有把他当病人看。无奈,家人只得一次又一次地提醒他的朋友:"杨冶天不是'好人'啊,他身上缺零件啊!"他做过肾脏移植手术,但几年后,肾脏在体内坏死了。

就是这样一位随时面对死神的人,医院所有的医疗器械几乎都在他身上使用过的病人,居然还有心情与医院里的护士开玩笑:"我到这个医院已经有17年了,从时间上算,我可以当你们的主任了!"如今,护士们都亲切地叫他"杨主任"。

杨冶天感慨道:"一个人生命的长度是不能控制的,但你可以控制它的宽度!"杨冶天就是在这样快乐的生活中,将自己生命的宽度延伸。

俯 仰 之 间

"去药店买药,一定要蹲下来!"近日,一条微博热传开来。其实,这早就是公开的秘密了。药店里习惯将价格低的都放在药架最下方,而顾客基本上不看货架下方的药,销售人员趁机拼命推销昂贵的药品。所以,到药店买药,一定要蹲下来,才可以买到价廉物美、性价比高的药。

不独是药店,商场也如此,摆在醒目地方的商品一般都是价格比较高的或者有其他原因的。每次去买酸奶时，都习惯于顺手从上面拿一盒，朋友告诉我一个小秘密，摆放在上面的酸奶，一般都是日期较长的，而那些刚上架，标注着新近日期的，都被压在下面了。不妨弯弯腰，就可以买到更新鲜的物品。得此密传后，屡试不爽。

要想买到好东西，需蹲下来；为人做事，有时也需要蹲下身子。

一位专业的摄影朋友在摄影时，总喜欢从上下左右各个不同的角度拍摄，有时还匍匐在地上仰拍，大有恨不得钻进泥土里的势头。我笑他夸张，不必把自己放得那么低微吧？在他看来，一幅照片就是一篇文章，要有内容还要有思想。放低视觉角度，你可以更全面地打量模特，从主体身上寻找突破，才能抓住主体的灵魂，发现别人不易觉察到的亮点。这句话对我，倒是很有启示。

为人处世，蹲下身体，不仅可以扩大视觉范围，也是一种态度。孟买佛学院是印度最著名的佛学院之一，它之所以著名，不仅因为学院具有悠久的历史和优质的教学，还有一个独特的地方，就是正门旁边那扇只有1.5米高的小门。1.5米高的门，普通成年人要想经过，就必须弯腰侧身。新入学的学生，教师都要引领他们从这扇小门通过，并且告诫他们：很多时候，我们要出入的地方未必都是壮观的大门，面对着矮小的门楣，要学会弯腰侧身，只有暂时放下尊贵和体面，才能顺利通过，否则，你就会被拦在高高的院墙之外。正是这种独特弯腰侧身的教学启示，让学生从中顿悟，从而终身受益。

高山仰止，学会谦卑，才会常怀敬畏心。昂首仰视，方知对方高大，自己也不会迷失自我。人生有时需要俯视，你才能在缤纷万象里多一份从容；有时则需要仰视，你才能从群星璀璨中多一些汲取。

安 逸 如 酒

近日，朋友相见，总少不了问一句："最近可好？怎么很少见你的文章？"她们以为我肯定遇到不顺心的事，干扰了写文章的情绪。赶紧为自己找托词："忙！"果真忙？不见得，也不曾遭遇烦恼事。整体而言，日子过得顺汤顺水：工作顺利，生活安逸，安逸使人疏懒，读书写字这类坐冷板凳的事，不屑去做了。

大学刚毕业，日子最为艰苦，一穷二白。下班后做的唯一的事就是看书，准备考研，另谋出路。常常一两个星期不出门。最奢侈的休闲，莫过于黄昏时分，站在走廊上眺望远处的青山绿野。然而，那段时间却是最充实、收益最大的，大量阅读记诵的专业书籍和经典作品，为我日后奠定了基础。只是今非昔比，物质生活越丰裕，越难唤起潜藏的韧性。

中考考体育时，我校学生安排在周日下午，电视中播报的温度是33℃。但下午两点钟的温度远不止33℃。太阳毒辣辣的，白得刺眼。站在校园里的水泥地上，就像站在热水中，热气直往上熏，刚喝下去的矿泉水，在身体里打个转就化成汗水流了出来。学生长跑后，脸色发白，真担心他们会突然倒下。

后几天考试的学生幸运多了。气温突降，穿两件衣服站在风口，都觉得凉意袭人。很羡慕这些学生，得天时，在这么舒适的环境下，肯定能超常规发挥，考出好成绩。但体育老师的话，让我受益匪浅："天气热一些，机体的爆发力会增强；气温低了，反而难以达到亢奋状态！"事实证明，那天下午考出的整体成绩，是很不错的。原来身体的每个细胞也都是个小偷懒鬼，条件稍微舒适点儿，就会疏懒，失去战斗力。

想起鲁迅先生，他的生活一直十分简单。虽然为官十几年，教书十几年，但他从来不曾沾染别人无法避免的无聊娱乐,如赌博、旧戏、妓院。他平时只穿旧布衣,像普通的大学生。西服的裤子总是单薄得很,北平的冬天很冷,但他依旧穿三十年前留学时穿的棉裤,而且补过很多次。无论他的母亲怎么劝说,鲁迅先生都不肯换上老母亲为他准备的棉裤。不仅衣着简朴,住宿也如此,就连被子,也是多年的老棉花,不愿意换成厚褥子;床是铺板的,他是从来不睡藤绷或棕绷床的。朋友孙伏圆曾经试图说服他,但鲁迅以"生活太安逸了,工作就被所累了"这一理由拒绝了。

或许我就是被安逸的生活所累了。安逸如酒,小酌怡情,痛饮易醉。安逸这杯美酒淘尽身上的锐气,我们还能做些什么呢?

有多少春天经得起错过

三月初,因病卧床休养了半个月,只有中午天气暖和的时候,才被允许起床,在屋内转悠一下。终日关在家里,很久没有出去透透气了,心情憋闷得很。于是,趁着中午风平日暖,下楼放飞一下蜷缩的心情。

只隔十多天,外面的世界,就起了翻天覆地的变化:十天前还是草色遥看近却无,现在已是芳草萋萋,如茵似褥了;十天前,还是花蕾淡淡着枝头,此时,草地中央的几树海棠,正妖娆地吐红纳蕊,绚烂得让人心惊魄动。

春,饱满地绽放在海棠枝头。朵朵花色温润甜美,个个花型俏丽张扬,片片花瓣娇妍欲滴,只见红肥,不见瘦绿。另一丛不知名的花树,粉红色细小轻盈的花瓣,琐碎地洒得满树都是,仿佛是覆盖了一层粉色雪花。花蕊微微颤动,花瓣脉脉含情。只短短的几日,春如奔腾的火焰,将大地灼烧成花红柳绿的缤纷世界,春来得如此迅猛。

上班的路上,有一树桃花,我总以它为季节变更的标志,来推算田野里油菜花的花期。但那日,我惊讶地发现,满树桃枝,竟全披拂着一串串嫩黄的叶子。我又错过了一季的桃花春讯。

刚分配那两年,为了考研究生,工作之余,我都埋头读书,常常一两个礼拜不出学校的大门。只在春天的黄昏时分,站在宿舍的走廊上,眺望着远处铺天盖地的油菜花。那时的春天,宛如我憧憬的梦想:看似很近,却又缥缈得难以触摸到。我多么希望有时间,徜徉在油菜花海里,狠狠地呼吸一下四野的芬芳。但那时,春天是不属于我的。因为经济条件拮据,我与爱人之间,必须有一个退出考研。生活和学习的费用,是不能指望双方贫瘠的家庭,我们得自食其力。所以我选择退出了那场胜利在望的战。

爱人顺利地考上了。为了缩小我与他的差距,放弃考研的我,并没有丢下课本,我希望通过自学考试,获得第二学位,来弥补我心底的缺憾。一边工作,一边照料孩子,还要找机会去看书,对我来说,这是一个挑战。通过八年的奋战,我终于如愿以偿,但欣喜,却没有预想的那么炽烈。或许,付出的代价太多了,我错过了那么多美丽的春天。

去年春天,我答应儿子带他去看桃花的,可惜又被周末琐事耽搁了。本想今年来弥补遗憾的,可惜,今年的意外,又让我们错过一季桃花。

细细想来,人这一生,有的错过了,还可以挽回,或者找个替代。但更多失去的,就成了永久的遗憾。

人生如此短暂,有多少春天,经得起我们年年错过呢?

你拥有几样奢侈品

邂逅一家奢侈品销售商场。出于好奇,小心地走进去一看究竟。设计华美的展厅里,陈列着琳琅满目的精美物品,在富丽堂皇的灯光映衬下,格外雍容华贵。商场里的导购员对我们不屑一顾,或许凭着职业的敏感,她们已经断定我们没有经济实力去购买这类高档的奢侈品。看见一件世界品牌服装,不由自主地伸手轻轻摩挲,款式与质地都是一流的。看出我的流连之态,售货员亲切地说:"喜欢可以试一试!"顺手翻看价格条码,标价19980元,我连试穿的勇气都没有了,便仓皇而逃。从此,我对奢侈品心存敬畏。对于我这样的工薪阶层来说,让人咋舌的价格,就应该算得上是奢侈品了。我心中萌生的"奢侈品"的概念就是"价高,普通老百姓不能拥有"。

偶然,在网上看见一组题为"25件奢侈品你拥有几样"的图文。看完之后,才发觉自己的肤浅:我心目中,奢侈品无外乎高档的服饰,华美的珠宝,名表名车之流。但归纳于这篇文章的奢侈品绝非我设想的高档物件。

这25件奢侈品,分别是健康的体魄,快乐的心情,懂得珍惜与感恩、向往自由、纯真浪漫的;学会爱与被爱,拥有亲人的关爱和爱人的体贴,知心的朋友、可爱的孩子;有积极乐观向上的心态,真诚守信,善于取舍,敢于承担和享受生活,懂得欣赏,等等。纵使寻常百姓,也可以轻松拥有这些奢侈品。只是我们已经太习惯于它们的存在,故而忽视了它们蕴含的价值。

一位病中的朋友告诉我,他刚住院没几天,同病房患肝癌的病人就去世了,留下孤独无助的妻儿,病友的死亡让他异常恐惧。他又说道:"我看见的不仅是疾病对患者的摧残和折磨,还有对其家人,乃至一个群体的拖累。"他是如此憎恨疾病。病中的他体重只有九十斤，憔悴得如同风中飘忽的叶片。翻看以前的照片，他站在上饶灵山前，挥动着双臂，是那么富有生气和活力。疾病如大山，可以顷刻间将一个如此健壮的人轰然压垮。面对着他间或骤然而起的疼痛，谁能质否，健康不是一件奢侈品呢？

一直以来，我都以为只有女人才会把爱情和婚姻当成事业去经营，没有想到，很多位高身贵的男士，也把家庭放在首位。任何人都需要有家庭的温暖和亲情的呵护。国外专家研究，说经历一次离婚的打击，这种伤痛等同于坐了5年的牢。面对破碎的情感，你可以否认真爱不是奢侈品吗？

人的一生中，最奢侈的东西并非是用金钱购买来的。金钱可以换来婚姻，却未必能赢得真爱；金钱可以让你纸醉金迷，却不能让真正你开心快乐；金钱可以买来豪宅名车，但未必能使你延年益寿。可以用金钱交换的，都不是真正意义上的奢侈品。真正的奢侈品，是金钱买不来的。

面对生活，我们最应该做的是去发现、欣赏和珍惜生命中真正能让我们有发自内心喜悦的"奢侈品"。

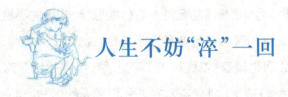

人生不妨"淬"一回

很久没有见过打铁的了，以为这门手艺早就成为绝学了！傍晚，却在立交桥下的暮霭之中，又见一炉旺旺的火，两个铁匠抡着铁锤，"叮叮咚咚"地敲打着铸件。

记得小时候，外公打铁时，我与哥哥都争抢着为他拉风箱。我喜欢听风箱"扑哧扑哧"地喘着粗气，炉膛里的煤块，被这喘气的气流，一下又一下地顶起来，像一只调皮的小老鼠，在洞口探头探脑，一副"欲出还休"的模样。

外公将废铁块埋在煤块下面，再拿出来的时候，铁块也燃烧起来了，像流动的火，外公用铁锤敲打着铁块，铁块就在这千锤百炼中，锻造成了新的器械。然后，外公将铁器轻轻地浸入水中，水便冒出一股青烟，伴着"嘶嘶"的声响。

一直以为，将铁块浸入水中，只为了快速地冷却，却不知道这个流程原来就叫作"淬火"。经过淬火的程序，不仅使铸件迅速冷却，还增加了铸件的硬度。

生活中，从牙牙学语开始，人的成长过程，就是一个不断加温锻造的过程。有表扬，有激励，我们会融入这暖暖的春意中，人生因此更加美好，生命也更加精彩，但成长的过程，绝不可以止步于此。

一家公司在招聘的过程中，因为电脑统计的失误，将本该被聘用的第一名，错误地统计为第二名，当公司更正了这一失误的时候，才知道，这位本该被录用的"第二名"，因为承受不了打击，跳楼自尽了。公司的管理人员表示：像这样不能承受打击的人，在以后的工作中，大概率会出现这样那样的问题的，他因为一次小的挫折，就跳楼自尽，这样的人，公司用起来的风险也很大。

生命的长河中，顺境较之逆境，是少之又少，可以一帆风顺地走完人生历程的，毕竟不多。所以，承受打击的能力，也是诸多能力中的一项。

面对挫折，有人皱着眉头，有人怨天尤人，殊不知，经受一次挫折，就像铸件被"淬火"一样，可以增强我们的"硬度"。正如歌中所唱"不经历风雨，怎能见彩虹"。人们渴望彩虹，却畏惧彩虹前的风雨。假使面对风雨，我们坦然面对，以平常心去期待风雨后的彩虹，那么风雨也将会成为你生命历程中的另一道风景。

铸件被锻造，少不了淬上一把火。人生在世，面对困境，不妨笑对，权当是"淬"了一回吧！

别人也在疼

　　春寒料峭，乍暖还寒，这个季节是疾病的多发期。早上八点，前来就医的病患已经排成了长队。

　　生平最怕去的地方就是医院，门厅前的那个偌大的"静"字，庄严肃穆，提醒的是人们内心的凝重。医生总是神情淡定，似乎看惯了病人的生死，不再惊诧于任何的疾病；护士则面无表情来来去去地穿梭着，或许她们也习惯于病痛者那扭曲的面部神情，已经不再如我一般的心惊胆寒了。

　　排在我前面的是一个十四五岁的小姑娘，她手中握着病历卡，不时回头张望，眼神中有掩饰不了的焦虑。顺着她的目光，我看见走廊的长椅上，斜倚着一位中年男子，他一手撑着长椅，一手按着腹部，双眼紧闭，疼痛在他那张脸上写满了皱褶。他或而蹲下来，双手趴在长椅上，或而横卧下来，但无论哪种姿势，都不能减少他的疼痛。透过他紧锁的眉头，可以看出他正遭受着怎样的疼痛煎熬。我的心随着他莫名疼痛起来。

　　忍不住问前面的女孩："他是你爸爸吗？"小女孩看着我，没有说话，只是很认真地、用力地点了点头，算是回答。

　　"你可以与前面的人商量一下，让你爸爸先看病啊！"想必她还只是孩子，不能体会到大人的病痛，抑或是她还没有勇气向别人开口寻求方便。我向她提出建议，并用眼神鼓励着她，希望她能够更勇敢点儿，可以如冰心笔下的那个会制作小橘灯，会照顾她妈妈的那个勇敢、镇定、乐观的小姑娘。

　　但小姑娘犹豫片刻后的回答让我大失所望，"还是排队吧！"感觉自己的好心遇到了鹅卵石，重重地被弹了回来。

"别人也在疼！"停顿了一下，她补充道。是啊，"别人也在疼"，经过她的提醒，我才发现，很多病者，脸上都堆集着痛苦，我们太介意自我了，很少留心他人的苦痛。

"别人也在疼！"这么简单的一句话，却会让我们的心灵为之震颤。很多时候，教育我们的，不是长者，而是"稚"者。

人生只有一两步

鸡笼山，又名凤台山，因山有石状如鸡笼而得名。这是巢湖文艺家、新闻记者赴"三区"采风的第一站。大巴在山路上辗转前行，峰回路转，苍山绿莽之间点缀着素净的棠梨花，颇有韵味。

转过藏经阁，是一段青石铺设的"百步梯"。为了安全，文联王主席请求几位年事已高的艺术家就地休息，对年轻人却是一路鼓励。

仰望峭壁，笔陡的天阶上，行人宛如贴在悬崖上，前面的与后面的，几乎成了叠罗汉。站在石壁下的人看得惊险，忍不住高声提醒："拉开距离啊！"去过庐山的"三叠泉"，那里到处青峦叠嶂，石骨嵯峨，一步一风景，以为那就是人间险境。没想到鸡笼山比三叠泉的台阶还要狭窄陡峭。

年轻属"天时"，众人的激励是"人和"，我因为脚穿高跟鞋，不具备"地利"之势。徘徊在进退之际，东山临阵退却了，同行的女士也彻底打消了登山的念头。我也想退缩，后面跟上来的朋友一个劲儿地撺掇："不上山顶会后悔的！"心中几乎熄灭的火焰刹那间又被点燃。此时，进一步，就可以登峰造极，退一步，前功尽弃。是超越，还是畏缩，只在一念之间。无限风光都在险峰，最终，我选择勇往直前。

　　把包背好，鼓足勇气，双手牢牢地抓住铁索，小心翼翼地在只容半足的石阶上，探寻着稳妥的落脚点。不敢低头俯视，也无暇仰视，只是谨慎于眼前。如同一只缓慢的昆虫，殷勤于当下，在石阶和铁索之间挪动着脚步。

　　挨过"南天门"，穿过"一线天"，居然就是顶峰了，刚才攒足的力气，只用了一半。回头看看来时路，艰险处相对整个登山路径，只算区区。以胜利者的姿态站在最高峰，就连刚才爬山时的狼狈，都成为我骄傲的谈资。想起平时对学生的说词："要敢于把拦路石当成踮脚石！"攀登"南天门"时，每一个绝壁上凿出的石阶，何尝不曾是拦路的巨石呢？

　　山巅上，一座天坛式的木亭阁矗立在鸡笼山的最高处，这就是"三和坛"。坛基两层，设汉白玉围栏。坛身三层，圆锥形结构，红木抱柱，雕栏画栋，色彩明艳。坛内第一层，供奉着三尊背靠背、笑容可掬的大肚弥勒佛，徜徉四周，无论从哪个方向，面对的都是一张灿烂的笑脸，它仿佛在昭告众生：容得烦恼事，万物和自生。

　　第二层倒挂一口大钟，让人感受到晨钟暮鼓的氤氲。要登上第三层，就无路可走了，只有一架木梯，斜靠在三层的入口处，几位摄影师为了选择最佳角度，爬上梯子，构建着艺术的画面。有好奇者，想爬上第三层，探究上面的秘密。沿着木梯而上，在快接近入口处，停下了脚步。原来，木梯上半部损毁了一个横档，要想顺利爬上三层，没有那一阶借步，想上去是不可能的。所有跃跃欲试者，都止步于缺失的那阶木梯。

　　原来人生如此简单，虽然漫长，但成败只在这一两步之间。

第二辑 / **爱是一种修行**

爱是一种修行

她,20世纪70年代时,她还年轻,孩子也才一周岁。每天早晨,凝望着儿子酣睡的娇态,倾听着他均匀的呼吸,她的心里有说不出的欣喜。幸福,随着儿子的降临日趋浓郁。怀抱着"牙牙"学语的儿子,她觉得生活才刚刚开始。

谁都不曾料想,她居然身患胃癌。这个噩耗,如同霹雳,重创着她的身心,她感觉天旋地转。

望着儿子灿烂的笑容,她的病痛减轻了许多。一岁大的孩子,还不解人世间的伤痛,他不清楚厄运已降临到妈妈身上,也不知道一家人正被妈妈疾病的阴霾遮住了蓝天。妈妈抱起他,宛如捧着价值连城的珠宝,儿子是她全部的爱和希望。她不知道撒手后,这株稚嫩的幼苗,能否茁壮成长。

肿瘤被切除后,经过一段时间的观察,癌细胞并没有扩散。但这对于癌症患者来说,仅仅是判了"死缓",她还得经过五年的考验。

在病床上,疼痛稍微减轻点儿,她就给儿子织毛衣。一套一套地织,三岁的,五岁的,七岁的,九岁的,十一岁的,十四岁的……每个年龄段,她都织了一套毛衣。入夜,孩子睡熟后,她就在灯下,一针一针地织。爱人心疼地对她说:"早点儿休息吧,别累坏了,你现在要多休息……"她笑了笑:"你先睡吧,我想再给儿子多织一件毛衣……"夜阑人静,她专心地编织着精致的图案,也将母亲对孩子的疼爱和期许,一针针织进毛衣,即便自己不能守候在儿子身边,至少有这些温暖的毛衣,陪伴着孩子幸福成长。她就这样孜孜不倦地编织着母爱,忘记了病痛,忘记了自我。

她给儿子织的毛衣,足足有一大箱时,她竟然神奇地逃脱了死神的魔掌,安全度过5年的缓冲期。接下来，又顺利度过一个又一个的缓冲期。如今，她已是两鬓花白的老人，那个襁褓中的孩子，也成家立业。

当年，与她同病房的另一位病友，也是身患胃癌。医生诊断后，宣布他还有半年的时间。结果，他只活了一个多月。医生说，他不是病死的，是被自己吓死的。原来，当他得知病情后，一想到自己将不久于人世，食不宁，寝不安，最终加剧了病情。他太在乎自己了。

爱，其实是一种修行。有爱的付出，就会有爱的获赠。我们的爱，都是有内涵的。

八元钱的钻戒

出于职业习惯，林沂从不佩戴任何首饰，尤其是戒指、手镯之类。作为一名外科医生，她必须随时应对突如其来的外科手术。事实上，那些首饰对她来说，只是一个额外的负担，做手术的时候，她得花时间与精力去考虑如何稳妥地存放它们。

离婚的时候，儿子才三岁，很多人劝林沂："把孩子给男方吧，你还年轻，以后还可以找一个好人嫁了，孩子会成为你的拖累。"但她割舍不下，孩子是她在这个世界上仅有的寄托，她需要他。尤其在这个时候，丈夫的背信弃义，让她时时感到椎心的疼痛。曾经的山盟海誓，不过是一句美丽的谎言。

就这样，母子俩相依为命，一晃就是十年的时间。她把儿子看成了唯一的依靠，寂寞凄寥的日子，他是她微笑的唯一理由。儿子继承了他父亲的天分，各方面都显示出优秀的资质，也成为她引以为豪的焦点。

市里组织的征文比赛中，儿子以他特有的笔触，博得专家的一片喝彩，最终获得一等奖。也赢得参加暑期夏令营的机会。她为儿子准备行装的时候，悄悄地给儿子的小口袋里塞了二百元。儿子把钱交还给她："妈妈，这次是免费的，吃住都安排好的，我啥都不用买！"她微笑地看着儿子，把钱放在儿子的手心里："带上吧，假如遇到你喜欢的东西，你可以买啊！"儿子懂事地点点头。

一个星期的时间对林沂而言是很漫长的，这是十年来，儿子第一次离开她这么久。她每天都在查看厦门的天气预报，她多么盼望那一周，天天都是艳阳高照，儿子难得一个外出的机会。天气晴朗，他会玩得更痛快些。

儿子终于回来了，厦门的海风把他的皮肤晒得黝黑，他把一卷攥得温热的钞票递给了林沂，还剩一百九十二元，她一点儿也不惊讶，她了解儿子，他从来没有乱花过一分钱，这次可以支配这八块钱，林沂已经十分欣慰了。

儿子让她闭上眼睛，等她睁开眼睛的时候，她的手指上多了一枚精巧的戒指，玲珑的戒指上的仿钻，毫不逊色于真的钻石。她很吃惊，儿子选择的型号，怎么恰好与她的手指吻合呢？儿子诡秘地笑了："很多阿姨在挑选，我看到有位阿姨的手和你的手差不多大，我就选了与她一样大的型号了！妈妈，你可一定要带上啊，虽然只有八块钱，不过是我给你买的啊！"林沂抚摩着儿子的头，一股暖流从心底荡漾，一直涌到鼻尖，她赶紧转身去准备晚餐，尽管这是幸福的冲动，但她却不愿意让儿子看见她溢出的眼泪。

这是一枚精致的仿钻戒，她本以为戒指会很快褪去那纯白的保护色，但一个月过去了，戒指依旧保持着原有的模样，科室的同事居然没有看出破绽，都以为是一枚真的钻戒。她笑而不答，在她的心里，这就是一枚真心钻戒。

一次做手术后，她忘记戴上那枚戒指了，吃饭的时候，细心的儿子居然发现了，急切地问林沂："妈妈，你的戒指呢？戒指你一定要戴上啊。你经常上晚班，回来时家里又没有人去接你，要是在路上遇到坏人，你就把戒指给他，说是真的钻戒，他就不会再伤害你了……"林沂听到这里，泪水再也抑制不住。离婚十年来，日子再辛酸，她都没有当着儿子的面落过一滴眼泪。而今，她却任着这泪水放肆地流淌着，因为，这是她享受到的最大的幸福。

一个拥抱的距离

她叫豆豆，已经是初中生了，看起来却仍然像个小学生。纤瘦，胳膊细得让人不敢碰，担心一不小心就折断了。个头也不高，典型的营养不良。头发乱乱地系着，不知道是刚才打架弄乱的，还是早晨压根就没有梳理好。有一股倔强的野性，这是我第一眼见到她的感觉。

打架，对于这个女孩子来说，已经不是第一次了。开学不到一个星期，她就给了班级一位男生一个下马威。

把她叫到办公室，她的嘴巴像贴了封条似的，既不为自己申辩，也不肯承认错误。一看就知道是久经沙场的铜豌豆。无奈，只好从侧面了解情况。同村的学生告诉我，豆豆的父母很早就离婚，各自有了新家庭，又都在外地打工，豆豆跟着爷爷奶奶过。大家都知道，豆豆是个没人要的孩子。刚才就是因为那个男生笑"豆豆妈妈跟人跑了"，豆豆才咬了他一口。好在只是几个清晰的牙印，并没有咬破。

再次把豆豆"请"进办公室，她已经平静多了，不再像刚才那样"呼呼"地喘着粗气。一个女孩子跟男同学打架，自始至终都没有掉一滴眼泪，这个豆豆真够泼辣的。

她看着我，眼神很邈远，像在看遥远的地方。其实，我与她只是一桌之隔。

"过来吧，我帮你梳梳小辫子！"她机械地移过来，并不说话。

头发稀疏发黄，发根还散发着浓烈的汗馊味。我小心地给她梳理着，怕把她弄疼。"给你梳两个小辫子吧？"我觉得她梳两条小辫肯定更机灵。她很果断地回绝了："就梳一个，我想显得成熟点儿！"小姑娘很有主见。

隔三岔五，我都会借给她梳辫子，与她交流一下。她的话很少，准确地说，那些算不得说话，简洁得就剩下词了。尽管如此，我可以从她坚定的词语中，感受到她的坚强，又略带着些悲伤。

忍不住把她揽进怀里，她那么瘦小，抱在怀里，就像是拥着一段冰冷的树桩。她伏在我的肩头，安静得像一只小猫。我可以感觉到她离我很近，拥抱缩短了心与心的距离。

渐渐地，豆豆的话多了起来。一次，她见我的办公桌上摆放着一张喜帖，竟然说："你要带喜糖给我们吃哦！"她走后，同事批评她，"跟老师说话没大没小的"。我笑了笑，"她是没妈妈疼爱的"。似乎因为这，她所有的放纵都可以宽容。

有一点很肯定，豆豆闯祸的频率越来越低了，现在几乎没有人来告状，说豆豆又做了什么错事。因为这，我常常把她叫到办公室里，从抽屉里拿两个糖果奖励给她。

一次上体育课时，我在办公室改作业，有个学生急匆匆地跑进来，还没进门就喊："老师，老师，豆豆爬树掉下来了……"

我跑过去，体育老师已经在那里了，他察看了豆豆疼痛的地方，说："没事，只是脚崴了，这个丫头是个机灵鬼，摔不到她的！"广玉兰树干有两米多高，不知道这孩子怎么想起来要爬树摘花的？

我把豆豆扶进办公室，让她坐在椅子上，一边给她搓揉着脚踝，一边责问她："为什么要爬树，校园的花不允许摘，你不知道吗？"她眨巴眨巴眼睛，竟然掉下一串眼泪，没见过她服过软，怕是脚疼得厉害吧？

"老师，我的脚不疼了。我看见树上的花开了，就想摘一朵送给你……"都怪我，那天跟她说广玉兰像莲花一样洁白美丽，还说我喜欢莲花。有一些自责，又有一些感动，情不自禁地把她拉到跟前，轻轻地拥入怀中。她伏在我的耳边悄悄地说了一句，我好想叫你妈妈！

做一条倾听的河

为了赶时间批改试卷,宁馨中午没有回家,放学后随便吃了点儿,就回到办公室工作了。一个瘦弱的身影,在办公室前踟蹰半晌,因为急于完成任务,宁馨没有主动去招呼她。最后,门外的小女孩好像积蓄了所有的勇气,走到宁馨面前,怯生生地叫了一句:"老师……"抬头看看她,瘦削的身材,单薄的衣服,与今天的气温形成了比差,宁馨捏了捏她那件毛衣,问她:"为什么只穿这一点儿,外套呢?"她很不好意思地说:"外面的衣服小了,穿着很难看,我就脱掉了……"宁馨打趣她说:"要风度,也不能拒绝温度哦!"

见宁馨正在批改试卷,她很小心地试探着问道:"老师,我可以和你说会儿话吗?"她的情况比较特殊,父亲去世,母亲外出打工,一直与奶奶生活在一起。平日里宁馨对待留守儿童,都比较照顾,尤其对她,一个敏感的、上进的小女孩,更是关爱有加。

宁馨放下手中的笔,笑着对她说:"好啊,这里正好没人陪我说话呢!"示意她坐在对面的椅子上,小女孩如释重负地说:"我以前在家,我一说到'爱漂亮'之类的话,妈妈就说我:'小姑娘,把心思放在学习上,别一天到晚想着那些!'所以,我和妈妈总没话可说!"她抬头看了看,见宁馨依旧微笑地注视着她,又放心地半低着头,腼腆地笑了一下,露出嘴角的小虎牙,多了几分调皮。

停顿了一下,她又喃喃地说:"我家里人总是吵吵闹闹的,爸爸在我十一岁的时候,因为奶奶和妈妈吵架,他一生气,就吃老鼠药死了……后来,奶奶和妈妈的关系更加不好了,我夹在中间很累,平时伤心的时候,我就去小河边,在那里哭一场,有时候,就跟小河说说话……"宁馨的心一向脆弱,听她诉说时,一股暖流从心脉中涌起，汇积在眼眶里，为了不让她发现眼泪，赶紧假装擦拭眼镜，趁她不留神，偷偷抹掉眼里的泪。

宁馨的心里，仿佛浮现一个稚嫩的身影，面对着潺潺的小河，诉说着她积年的幽怨。河水会因为她而起微澜吗？或许，灵性的河水会至此聚合回环，形成一个旋涡，将这个小女孩的不快乐，带向遥远的地方。

她的声音很轻，很柔，宛如一颗寂静的心在与小河交流："现在，那里的河水很脏了，我就不想对着它说了，就来和你说！"宁馨很荣幸，这孩子将她当成一湾没有被污染的河水，宁馨融化在她的世界里了。

整个中午，宁馨都扮演着那条静静的小河，倾听她心底最单纯、最细腻的诉说：说她的童年往事，说她经历的苦难。此时，她不再局促，目光空远地注视着远方，仿佛是平静地目送河水的流逝："看见奶奶和妈妈吵架，我就特别特别难过……"她低声细说，可字字句句都烙印在宁馨的耳鼓里，这段独白，本该只会出现在影视节目中的，可今天却是她心底的呐喊，或许对于她，一个十四岁的孩子，经历太多地超越了年龄的承受力吧。

伸手触摸到她的手背，凉得刺骨，宁馨起身，给她倒了一杯热水，好让她暖暖手。她很满足地捧着茶杯，好像找到了她需要的一切，对宁馨说："老师，前几天，我一点儿不想学习，我害怕极了，担心自己变坏了，所以，那天跑过来要你给我调整座位！"她毕竟还是个孩子，十四岁，是躺在母亲怀里撒娇的年龄，不过，冷峻的现实，剥夺了她这个权利，她不曾与母亲交流的话，都放心地倾倒在宁馨这里了。宁馨询问了她的生理经期，告诉她，那几天不想学习是很正常的，不必太过紧张。她又诉说了对男女同学之间友情的看法，这些是宁馨不曾料想的，这个略带忧伤、倔强的小女孩，原来心底积蓄着如此丰富的情感因素。

时光似乎因她而短暂，上课铃声响了，她向宁馨道别，依旧笑着，一字一顿，慢条斯理地说："老师，我好喜欢和你说话，和你说话没有代沟！"宁馨忍不住笑了："因为我是一条小河啊！"她的目光中闪烁着一丝喜悦。

本想张开臂膀，给她一个母亲般的拥抱，但最终宁馨只是僵持在那里，微笑着看她离去，或许，女孩需要的，只是一条善于倾听的小河。

蒲扇，摇到天明

那是20世纪80年代初，他参加高考，父亲特意请假，送他去县城考试。县城很小，只有横竖两条长街，比较正规的旅社也就那么几家。父亲带着他，住进一家中档的旅社，档次高了，住不起的。为了让他休息得好，父亲特地要了一个单间，只有一张大床。比四五个人的混合间，稍微贵点儿，但安静多了。

其实，那时的家境不算好，父亲一个人的工资，需养活一家五口人，常常捉襟见肘。倘使遇到特殊情况，就难以应对，母亲怎么省都省不够这个月的开支，父亲不得不从同事那里一次又一次地周转。

考试前，他就闷着声跟父亲提出："别送了，我跟学校一起去，节约点儿，反正今年考不上！""你别管，把你的书读好就行，不管考上考不上，我们都当能考上去送！"父亲比他还固执。他知道拗不过父亲，也就不作声了。

书到用时方恨少，这个理古人说得没错。考试的时候，他就深切地感受到了。面对长长的试卷，他突然有一种冲动，恨自己，恨自己没把这块地种好。他觉得自己就是一个游手好闲的农民，把一块好生生的地给荒废了。

快毕业了，瞒着父亲，他逃过学，还借着上晚自习的名义，偷着跑去看过电影。这些本该做出来的题目，在他的脑壳里打着盹，如同一层戳不破的膜。这样的自责他不止一次有过，看见父亲焦虑的眼神和母亲愁苦的容颜，他也曾握着拳头跟自己说："要改！"但他，始终没有做到。他被骨子里另一个玩野了心的"他"带坏了，拉不回头。

每场考试结束，父亲从不问他考得如何，怕给他增添了压力。但父亲从诸多细节中，敏感地觉察到他考得很糟。彼此都心知肚明，谁也没有开口挑破。

那一夜，他突然失眠了。父亲很小心地蜷缩在床沿边，留给他大半张床。他开始烦躁，起来冲了一把凉水澡，还是睡不着。父亲也坐了起来，对他说："我们出去转转吧，顺便买个西瓜！"他点点头。这么多年来，他依赖父亲，却又无时无刻不与父亲较着一把劲。此时，他却温顺得宛如一只失意的羔羊。

街道，在昏黄的灯光下，幽深，鬼魅似的，深不可测。七月的暑气，在黑夜里继续酝酿，似乎要把这夜气熬成一锅黏稠的粥。

路边，隐隐有人说话，近看，不止一个。"快睡吧，明天还要考试。"一个瘦削的老头，摇着手里的蒲扇，催促着就着路灯温习书本的男孩子。一张凉席，旁边点着一盘蚊香，蚊子还是不顾一切地在他们身边焦急地打着转，伺机发动一场大的"谋杀"。父亲问他们："怎么睡这里啊？"坐在凉席上的父亲"嘿嘿"一笑，爽声应答："来迟了，旅社都满了！"

一张凉席，一把蒲扇，还有一盘蚊香，准备得很充分，这一切似乎不是出于偶然，而是一场预谋。或许，他们果真如传说中所说，穷得只能睡在大街上了？

那一夜，一个画面始终晃动在他的头脑里：一个席地而卧的考生，一位摇着蒲扇驱赶蚊虫的父亲。黑夜里，摇着蒲扇的父亲，如同一尊雕像，守卫着他的儿子。一把蒲扇，一直摇到天明。

一年后，他，也考进一所名牌大学。

父亲的守望

每隔一段时间,我们都会回家看望父母。父亲得了消息,总会早早地守候在村头的老榆树下,驻足张望。

汽车转过山坡,远远地便可以看见村头的老树下,有个瘦削的身影。我的眼睛近视,不过,凭着直觉,我就知道那是父亲在守望。高大的树冠下,微驼的身形愈加瘦削。父亲痴迷地守望着我们归来的方向,老树与老人相伴,犹如一副黑白剪影,成为这座村庄最诱人的书签。

牵着父亲的手,那双满是老茧,树枝一样枯燥有力的大手,少了几分血性阳刚。记忆中,父亲的手是温暖的,脊背也是笔直的。牵着他的手,走到哪里,我都不会恐惧。他结实的后背,是儿时梦境的温床。

小时候,脑子里充满幻想,也可能是谍战片看多了。父亲在我的心目中,是无所不能的。有敏锐的洞察力,甚至还有些魔法,可以对我做过的每一件事情了如指掌,还能分辨出我仓皇的话语中有几成真,几成假。在父亲面前,我就是白纸上的黑字,任何掩饰都是徒劳。仿佛背后总有一双眼睛望着我,这种错觉一直陪伴在我的成长之路上。

母亲被转为商品粮户口,我们家最后一名成员跳出了农门。但这并没有给父母带来多少欢喜。二轮土地承包,收回了家中最后一份土地,就连那块像点儿样的两分田的菜地,也被觊觎已久的人指名要去了。父亲是位侍弄田地的好手,经他调教的土地,肥得流油,种什么,兴旺什么。

土地成了稀罕物,但父亲永远不愁没地种。他带着一把铁锹,山坡上,河埂边,平整几锹土,就是一块小菜地。几户在外打工的人家,争着把农田无偿留给父亲耕种。

父亲种的田地，从来不会荒芜。人勤地不懒，父亲在土地上精心绣着他的生活，把泥土绣成庄稼，又把庄稼绣成快乐。纵使冬闲，田里没有农活，一天不去田头看看，他的心就痒痒的，仿佛田里长的不是庄稼，是一手带出的千军万马。

偶尔，也会跟随父亲去视察他的"兵"。远远就可以看出他种的庄稼与众不同，不是花果多一筹，就是穗粒大一截。父亲指着隔着一条田垄，长满杂草的麦田，像是惋惜庄稼，又像是在责备耕者：田哪能这么种？

父亲的心里，土地是有情有义的汉子，你流多少汗水，它就馈赠你多少收获。他如同一位骁勇的将军，终日守卫着他的田地。父亲离不开土地，我能读懂他对土地的依恋。

我连大麦和小麦都分不清，也看不出土地厚薄，但我知道，无论多单薄贫瘠的土地，经过父亲的精心耕作，都能够长出不薄的庄稼。把庄稼种好，才对得起土地，这是父亲的原则。庄稼长势旺盛，父亲笑眯眯地瞅着它们，酒醉似的酣畅，似乎田里种的不是庄稼，而是他生养的孩子。

常常去看庄稼，久而久之，我被父亲同化了，觉得自己也是父亲田里的一棵庄稼。我若不能茁壮生长，也对不住麦田的守望者。

爱 的 寻 觅

你可以从成百上千匆匆走过的人群中，找寻到你要找寻的人吗？我的父亲可以。

一年一度的高考，又要拉开序幕了。每到此时，我总会想到父亲。每次我带考时，考试结束，学生离校的刹那，总喜欢在我带领的学生中，任意选一个特定目标,然后在人的海洋中去寻找。但成功的概率几乎为零。我不能在散场那短暂的几分钟内,找到预设的目标。

与我同行的人很奇怪,为什么我有这样的爱好呢?

我向他讲述一段我经历过的高考。

那年七月,雨水格外肆虐。门前的田地都成了汪洋大河,白浪一片。内陆的水排不出去,天上的雨还忘乎所以地下着,并不惜情。灾情十分严重。

为了不给家里添更多的负担,我执意跟随学校组织的团队去县城参加高考。去县城的路被洪水阻隔成一段一段的。本来去那里只需要一个多小时的车程,那天却在辗转中费了大半天的时间,下午两点多才到达目的地。

沿途我们不断地变换交通工具。汽车可以到底的地段真是太少了,遇到被洪水淹没的地方,就通过小船渡过。有的地方连汽车、三轮车都没有,就得步行。一路行程坎坷,老师鼓励我们:人生无坦程,这就像考大学一样,只有经历过苦难的磨砺,才能达到胜利的彼岸。我觉得他说得很对,坐在小船上,我仿佛看见彼岸之花,果真有一种被"渡"的感觉。

考完试回家,父亲早早等候在车站。一见父亲,忍不住大诉行程中的艰难和委屈,父亲只是笑了笑。

回到家中,母亲告诉我:你父亲去考场看过你!他不放心,还是悄悄去了趟县城。我笑父亲,县城那么大,你连我们住哪里都不知道,如何找到我呢?

但父亲果真去过。因为他听了传闻,说县城里的灾情更严重,随时有破圩的危险。父亲终究放心不下,第二天早早起程了。临行时,他与母亲商量,"要是水太大,就把丫头带回来,明年再考也不迟!"

进了城,虽然汛情的确不容乐观,但绝对没有传闻的水淹县城的玄乎,父亲稍稍放了心。但既然来了,不亲眼看到我,就这样回去了,又很割舍不下。

于是,他到我考试的二中考点门口,一直守候到考试完毕学生散场。为了试卷的安全,学校必须等到监考老师收好试卷无误后,才可以打开大门给学生放行。一道大铁门,里面是黑压压的学生,外面是焦急等待着的家长们。大门一打开,就像河水开了闸,学生、家长两股河流汇集到一处,成了汪洋的海。

父亲在大门前，选了一处高台阶，踮着脚张望。他居然从人山人海中寻到了我。看见我与另一位女同学说笑着走出来，他彻底安心了。为了不影响我考试，他竟没有与我打招呼，甚至连午饭都没有吃，就匆匆赶回家。那天晚上，他到家时，已经是夜里十一点多了。父亲的脚上有厚厚的老茧，我总觉得有一层老茧是为我磨的。

我的心中一直有个结，为什么父亲可以在千军万马中寻找到我，而我不能？倒是同事一句话，帮我释了疑。"你父亲是用心去寻找你的，而你，只是在做一种游戏，缺少了爱心，你找不到是必然的！"

时隔多年，我仍然怀念父亲那次爱的寻觅。

淡淡绿豆香

母亲是与众不同的。记忆中她的身上总散发着的一种特殊的香味，那种味道是别的母亲身上永远不会有的——炒熟的绿豆香味。

母亲因为乳腺肿瘤，切除了左乳房。年轻的她是个爱美的女人，她对美的追求高过对生命的怜惜。但为了这个家，为了这群没有成年的孩子，母亲毅然选择活下来，舍弃掉女性躯体的标志——乳房。

爱美的母亲最初是用一个小布袋缝一些米，替代被割去的乳房，来维持两边的对称。当时的生存状况异常艰巨，母亲从事的也是繁重的体力劳动。为了这一家人的生计，她从没把自己当作病人来看，从不怜惜自己的身体。别人可以做的劳动，她都会去做的。别的女人可以挑一百斤的担子，母亲绝对不会挑少于九十九斤的担子。繁重的劳作，大量的流汗，很容易使米受潮霉变。不过，要是用绿豆作为填充物，效果就好得多了，不会那么快就潮湿霉变。

　　小时候，小芹经常看见母亲在昏暗的灯光下，解下胸前那袋绿豆，长期经受汗水的浸泡，绿豆开始发芽了。母亲却从未发过牢骚，而是笑吟吟地对父亲说："快来看，我们有绿豆芽吃了！"生活条件拮据，没有那么多的绿豆来替换。为了防止绿豆发芽，母亲就将绿豆炒熟。从此，母亲的身上就有了这淡淡的绿豆香。

　　小芹喜欢偎依在母亲的怀里，闻她身上淡淡的绿豆香。母亲则疼爱地抚摸着她，好像有许多的不舍。

　　如今，母亲老了，她已经不再避讳身体的残缺。小芹也闻不到她身上那绿豆的清香了。回想曾经，不觉潸然泪下。母亲一直是行走在生死的边缘线上，但她从没有因为自己身体的疾病而放弃过繁重的劳动；也没有因为她自身的病痛，将怨怒发泄到孩子的身上。孩子们的童年与别的孩子的童年是一样的幸福快乐的。

　　记忆中的母亲，白天经常浑身大汗淋漓，不仅是因为她身体虚弱，也是因为她从事的劳作的确繁重。夜里，一觉醒来，母亲还在灯下做鞋子。那时候，孩子们脚上穿的都是她亲手缝制的布鞋。小芹不是一次听到母亲与父亲的灯下对话。父亲催促母亲："快点儿睡吧，白天做事情已经够累了，你身子也不好……"母亲总是不急不忙地回答："不慌，我得给这几个孩子多做点儿鞋，我这身体，说走就走的，多做点儿鞋子留着，假使我真的提前走了，这几个孩子也不会光着脚丫子！"

　　母亲的心里，放着很多人，有父亲，有几个儿女，唯独没有她自己。好在吉人自有天相，好人一生平安。或许正是因为这种强烈的"放不下"，支撑着母亲残缺瘦弱的躯体，她竟奇迹般地摆脱了死神的纠缠。

　　如今，小芹已身为人母，突然很怀念母亲身上那淡淡的绿豆香味。好想再依偎在她的怀里，让她轻轻地拍着自己的背，哼一曲催眠的小调。

 # 母 亲 的 梦

　　2012年5月9日，英国著名发型师维达尔•沙宣因白血病，在他加州洛杉矶的寓所安然辞世，终年八十四岁。

　　沙宣是享誉全球的顶级发型师，他还把"触角"伸向商业圈，借助开设发廊、美发学校并研发产品带动美发业变革，提高美发行业的社会地位。

　　沙宣1928年1月出生于英国伦敦，父母都是犹太人。三岁时，爸爸移情别恋，抛妻弃子。妈妈养不起一对孩子，迫不得已将他们送进孤儿院居住六年，直至再嫁之后，才接回他们一起生活。沙宣十四岁已辍学，母亲苦于儿子缺乏独立创业的能力，为了给儿子寻求最好的出路，日思夜想的母亲，有一晚竟然梦见他在发廊里工作。一个平淡无奇的梦，却改变了沙宣的命运。醒来后，母亲眼前一亮，觉得送沙宣去学美发是再好不过的了。

　　经过商量，继父最终同意出资送他去学艺。母亲与儿子的心灵是相通的，正是母亲这个梦，让他的才华得以发挥。"那是我妈妈的主意"，谈及入行美发业，他总这样跟朋友说起。其实，沙宣的话只说对了一半，母亲的梦是他进入美发行业良好的开端，而他以后所取得的成功，完全得益于他本人独特的视觉和与生俱来的天赋。

　　沙宣是执着的，1948年，他赴以色列集体农庄干活时，就暗暗确定了人生的方向——全力进军美发界。六年后，他在伦敦韦斯藤德的邦德街开设第一家发廊。沙宣一度暗下决心，如果从业十年无法改变发型潮流，他就转行当建筑师。不过，他的这个想法没有得以实现，因为他的设计风格迅速受到女性青睐，发廊很快门庭若市。

　　他热衷用精确的剪发技术为顾客呈现自然完美、层次分明、易打理的发型，只需甩甩头发，头发便垂顺。他推崇的美发三步骤"洗剪吹"令无数女性摆脱了每天耗费长时间打理头发的烦恼。就这样，沙宣很快就改变了人们对发型的概念。

　　对沙宣来说，最爱的不是钱财，而是头发。作为一位顶级发型师，他具有和莎士比亚一样的灵感，他爱头发，头发是激发他灵感的源泉，但他从来不把目光局限于头发上，只拿头发做文章。作为一名高人一筹的发型师，他还需要更加深入地考虑到顾客的人体骨骼结构特点，结合几何学、建筑学来制定符合顾客自身因素的规则。美发对于沙宣来说，是一门顶在头上的艺术。

　　沙宣的灵感无处不在，他还喜欢从世界各地的建筑中找寻美发灵感。1963年推出"波波头"发型后，沙宣为美国女星米娅·法罗在1967年的电影《罗斯玛丽的婴儿》中设计的发型令他声名鹊起，"沙宣"从此成为美国和欧洲的时尚热词，他当之无愧地成为"现代发型之父"。

　　人们照相的时候喜欢摆个剪刀手的姿势，但只有沙宣的POSE是最有权威性的，他不愧为"拿着剪刀的莎士比亚"。

真 水 无 香

　　午休时，突然接到母亲的电话，问我什么时候有空回家。通常我都是每月回去一次，不知道这次母亲着急询问，是何缘由？

　　再三追问，母亲都说"没事"，我工作忙，她是知道的。沉吟片刻，她又以商量的口吻问："斌这几天要出差吗？让他顺便回来一趟吧？"我的答案依旧是否定，她似乎有点儿失落。沉默是明证。我不放心，又问一句："家里有事吗？"母亲迟疑了一下，"也没什么事，就是想让你们回来带点儿蔬菜……"我可以听出她的失望。

或许最近接连出现的食品安全问题，让老太太也不放心了。安慰了她几句，就挂了电话。

傍晚，母亲又打来电话，像是下了很大的决心："我明天早晨去你那里！"听说外婆要来，儿子欢欣鼓舞。平时想接她进城小住几天，都被她以农活忙推辞了。是的，季节是不等人的，一年二十四时节，打了春分，就得亦步亦趋地紧跟时令，母亲永远是忙碌的。

听说母亲特意给我们送蔬菜来，先生笑着说："来回车费够买几篮子蔬菜了！"我也觉得母亲不会算账。不过，既然她要来，就让她来吧，平日请都请不来的呢！或许送蔬菜只是个托词，她想来看望我们，尤其是儿子，自幼从她手心里长大的，过段时间不见，就彼此想得不行。

中午下班，厨房里已香味四溢了。母亲总是这样，走到哪里就忙到哪里。厨房里，堆放着各种蔬菜，足够我们吃半个月了。我笑她："怎么不把菜园子搬来？"她也不生气："不要紧，吃不了就送些给邻居。"

纸盒里整齐地摆放着俊秀匀称的土鸡蛋，都是母亲逐个挑选的，还有两只清洗好的鸭子。鸭子是母亲的宝贝，乖巧伶俐。早晨，天一亮它们就"嘎嘎嘎"地催促母亲让它们下池塘。黄昏，还会回家围着母亲讨食，一点儿不烦心。春季是鸭子下蛋的最佳时节，母亲怎么舍得杀掉它们？

"要春耕了，怕鸭子下别人家的秧田，就赶紧杀掉了。"母亲最怕给人惹麻烦。"那你们就留着自己吃呗，这么大老远的，就是送鸭子来的？"在母亲的眼里，我们还只是没有长大的孩子。

对于我的责备，母亲并不介意，倒是很高兴地说："今天车上人特别多，我怕他们碰坏了鸡蛋，就把纸盒子抱在怀里。我刚才把鸡蛋鸭蛋都清点了一下，一个都没有破！"

母亲体质弱，有晕车的毛病。又带这么多东西，中途还需转车，真不知道她是怎么挪过来的？

想起海子的母亲，她从老家安庆带着一只装满五十个鸡蛋的布包去北京看海子，经过几天几夜的颠簸，到北京居然一个鸡蛋也没有破。母亲一直抱着那个装着鸡蛋的布包。她相信儿子吃了鸡蛋，苍白的脸上会多一丝红润。我不知道那位老妇的姓名，我只知道她有一个名字——母亲。

母亲只在我家住了一晚，第二天就匆忙离去，说是不放心父亲。又说，本来是应该叫你爸来的，这几天他脚上长了个疖子，走路一瘸一拐的，不方便。我塞给她一些钱，她拉破口袋都不愿意要，倔强地说："你爸交代过了，绝对不能要你的钱！"

母亲回去了，我不再讨论她此行值与不值。真水无香，真爱无价，母爱到底有多重，金钱是不能度量的。

石榴红了

又是金秋石榴红的季节。想起外婆家的门前，也有一棵石榴树，在我儿时的记忆中开花结果了。小时候，尤其是九月，很喜欢去外婆家，因为石榴红了，熟透的石榴，会咧开嘴，露出一排排晶亮的石榴米儿，每一个果实就是一个诱惑。

听说这棵石榴树是舅舅从很远的深山里挖来的，刚栽种的时候，它还很瘦小。经过舅舅精心的培植，这棵树逐渐枝繁叶茂了。外婆很喜欢这棵树，倒不是因为那果实，而是因为五月的石榴花开，一树红花，一片火红。外婆把它看成是吉庆的祥云，说这肯定是一个好兆头。

花开过后，果实就蠢蠢欲动了。从一个指甲大的小球儿，逐渐长成拳头大小。果实还没有成熟，就陆陆续续被邻家孩子摘去了很多，外婆也不阻拦，只要来年的花，依旧开得那么鲜亮，外婆的脸上仍然会荡漾起会心的微笑。

石榴花开了几个春秋，随着枝干的粗大，花也越开越多，越开越艳了。

可惜，有一年春天，石榴树无端地死了半边，五月的石榴花也开得稀稀落落，经过一个漫长的雨季，只有很少的花蕾，成长为丰硕的果实，有的虽然已经长到拳头那么大，也会莫名地从枝头坠落，捡起来一看，原来是雨季的霉菌早已经将它侵蚀了。

那年深秋，舅舅便大病不起了。好似花是懂人语的，它感激于舅舅将它从贫瘠的深山里移栽到肥沃的土地上，并且这么多年来，始终如一对它的精心呵护，所以，当它"预知"到舅舅的疾病时，也惨淡零落至此了。我们一家人，更加器重这棵石榴树了，觉得它就是神使的化身。

舅舅去世的那天夜里下了一场大雪，大雪淹没了为他送行人的脚印。他就这样一去不归了。

舅舅去世后，外婆对那株石榴树产生了情感的依赖，在她看来，那株树就是舅舅的化身，是舅舅特意种下这棵树，来陪伴她，安慰她的。自此，她对石榴树的照顾就更尽心了，春来灌溉，夏来消毒，秋来施肥，冬来整枝，催它入眠。一棵树，一片心。

一年又逢一年，她总是精心地呵护着，培植着，让它在春天把花开得最艳，在秋天把果实结得丰硕。石榴树成了一根线，一头牵着地下的舅舅，一头连着记挂他的亲人。

去年清明，给舅舅上坟的时候，竟然发现他的坟头，又长出一棵细小的石榴树，或许他是在以此告慰思念着他的亲人吧。

又逢石榴红时，路旁几株自生的石榴树上，一个个干瘪瘦小的果实，铃铛似的挂在树杈上。大概是因为土地贫瘠，且缺少雨水的灌溉，石榴干涩瘦小，才无人问津的。看着这些石榴，似故人又在眼前了。

第三辑 / **纸上旧时光**

纸上旧时光

母亲终于下定决心，把家里别无用途的旧书都卖掉。

她是很念旧的，一张老照片，一件旧衣裳，都能勾起她的记忆。家里读书的人，燕子一样，一只接一只地飞走了，留下两位守着巢的老人。但书，依旧多。我们读过的课本，小学到大学的，母亲都觉得重要；儿时看过的连环画，还有一些陈年的杂志，也一本不少地收藏进书箱。母亲守着这些书，打发着接踵而来的琐碎时光。

收废品的纳闷，"你们家怎么有这么多书？"这句话又足以让母亲骄傲半天，"两个大学生读了十几年的书，能不多吗？"如今，村中能一下拾掇出这么多书的，恐怕只有母亲一人了。不知道从何时，读书突然不时尚了，很多孩子初中毕业，就外出打工赚钱，家长也乐意多了一个赚钱的帮手。村里的书香味越来越淡。

大哥挑了几本封面完整的连环画收藏，还放在太阳下晾晒消毒，我觉得他是在晒童年。说也奇怪，搁了三四十年无用的东西，打算变卖时，突然样样又值钱起来了。

我也不舍，挑来挑去，找出几本书。因为厚实，当年母亲拿来夹鞋样的。还有一两片旧鞋样，遗落其中。扬一扬纸鞋样，问母亲："要不要了？"母亲比我更迷惘，反问我，"眼睛都花了，还要它做什么？你们现在哪个还愿意穿我做的布鞋？"我无语，它们曾经是做榜样的，母亲对照着它们，把糊的葛布剪成鞋底、鞋帮的形状，再一针一线地缝起来。我儿时的催眠曲，就是母亲纳鞋底时抽线的"嗡嗡"声。母亲的年轻时光，都托付给它们了。

　　收废品的手脚麻利，母亲眼也疾，她拣出几本土黄色的小册子，那是父亲上班时的工作记录。母亲把它们整理好，掸去封面上的灰尘。我觉得有趣，父亲退休这么多年了，工作手册还有用吗？随手拈起一本翻看，父亲的字很大，很有个性，不是中规中矩地写在横线上，而是以线为行，且微微右斜。

　　"难怪人们都说字如其人，一看你的字，就知道你的为人。"我指着工作手册上的字，想逗父亲开心，他正埋头磨菜刀。

　　早晨杀鸡，菜刀在鸡脖子上荡了几个回合，也没有抹破鸡脖子。鸡没杀死，父亲却跟自己生了很大的气。嘟囔着，刀不中用，人也不中用。母亲悄悄地数落他：就是不服老。他低着头，一言不发地磨着刀，好像跟磨刀石又较上了劲儿。

　　书被收废品的装进几只大蛇皮袋，扔进三轮车拖走了。心中怜惜骤生，如同送别出嫁女儿。书卖掉，就会被打成原形，化作纸浆，不知它会投胎哪一本书中？我会不会再找到它？

　　母亲喜欢在夏天晒霉。我也总能有意外的收获，从母亲的箱底抄一些"往事"。

　　两张薄纸，奖状大小的，是父亲和母亲的结婚证。被母亲端端正正地压在箱底，纸色泛黄，证书上印制的红花，灿若新彩。这两张纸上，记录着父亲、母亲携手走过的五十年风风雨雨。两个陌生的年轻人，经过这两张纸的认可，走到一起。历经岁月的磨洗，宛如两株老树，盘根错依，理不清根为谁生？

　　突然也想留点儿纸质的东西，一张写了备注的黑白照片，一封满纸情长的平信，或者是一本签了名的赠书，若干年后，思念不会成奢望。

　　岁月流转，这些纸上的旧时光，挥之不去。

厚土苍生

土地是厚重的，它是生命之源。

母亲指着一堆南瓜问我："要长的还是圆的，长的肉头厚，圆的甜一点儿！"我很贪心，两种都要。把南瓜搬上车，来来回回要跑好几趟。屋后退休的老校长拎着一只竹篮，迎面走来，远远地与我打招呼："常回家看看啊！"我扬了扬手里的南瓜，嘿嘿一笑："是土匪进了村！"老师面前，学生是诚实的，他是我的启蒙师。

"都是些不值钱的！"母亲向着我，赶紧为我辩白。老校长是个明白人，"你种的，花点力儿气就行了。在城里，就是大价钱了！南瓜、山芋，在城里都是稀罕物。"

土地忠厚，你给它力，它就为你结出桃李瓜果，如同痴情女子。西厢房里那堆南瓜，就是黄泥塘埂上的收获。土地憨厚不吝啬，用小树枝戳几个眼儿，随便撒几粒种子，就能长几车好南瓜，枝枝叶叶地蔓延了半条塘埂。花开得灿烂张扬，一朵朵翘在藤蔓上。瓜却接得低调，躲藏在叶脉下，与季节一起变黄。秋天，南瓜要动担子挑。

堂屋的案几上，摆着两个足球大小的山芋。儿子称它们为"山芋王"，我觉得它们是吸了地气，成了精。从没见过这么大的山芋，不敢带它们到城里，怕吃了"王"级别的山芋，会伤了山芋的"根"，来年不发旺。把它们供着，这是土地的恩赐。

垃圾堆也没放过发热的机会，跟着泥土起热闹。儿子在河沿的柴垛上，发现六七个青皮大冬瓜，横七竖八，半隐半露地睡在柴垛上，赤裸裸地晾晒出它们的矛盾心理——想展示自己，又怕被做了盘中餐？母亲的嘴笑得合不拢，"去年吃不了的冬瓜，烂掉后撂在这里，不知道什么时候发了芽，长了藤子，还接了瓜……"土地内敛、仁厚，总能支付我们意外之喜。

民间有"萝卜进城，医生关门"之说，更何况十月萝卜赛人参。父亲挑回一担带着缨的萝卜，刚下了一场雨，拔出的萝卜都带着泥。父亲叮嘱我："萝卜上的泥巴不要洗掉，现吃现洗，要不容易空心！"母亲麻利地剪着萝卜缨，看见一根大萝卜裂了一半，抱怨道："你看，刚刚离了土，就炸裂了！"真是"土人参"，居然断不得土性。

小区大门前，从乡下移来几株大合欢树。刚来，就生了病，是思乡病，它们想家了。冬去春来，都没有唤醒一片绿叶。救命的绳索缠了一圈又一圈，从根部缠到了树干，都没能给它们续上生命的弦。住惯了山旮旯，乡情重，初来乍到不服水土，城里的自来水养不住大树的根。

早几日就盘算着周末回家，爱人以为家里有事，我反问他："我就是想回家看看他们，算不算理由？"前些日子，无由地冒出一句话："父母老了，总觉得是看一眼，少一眼！"他责备我，怎么想起来说这么伤感的话。

村头那株老榆树，是村里的树标。榆树老了，树皮都是黑漆漆的，没有生命的光泽。裂开的纹理中绽露着苍白的木质层，跟母亲龟裂的手一样，猩红的肉望得真切。老榆树太老了，比它岁数小的人，都走了好几拨了。前几年一阵龙卷风，延伸出来的一臂秀枝，在风中断裂，好在风大雨大，树下没有人。榆树从此失去了好仪态，整手整脚地站着。树老了，春来发芽，只从旁侧寥寥发几枝，父亲说，顶枝枯死掉了。父亲与母亲，也是乡土上长着的两棵老树，越老，越离不开故土了。

我常站在阳台上打量那株老榆树，看它，也是在看我自己。苍生更始，朔风变律。我发现，自己也是泥土里长出的庄稼。

老　　井

　　村东头有一眼老井，问它有多少个年头了，恐怕无人能答。头脑里只有个模糊概念——有些年头了！爸爸的爷爷都是喝老井水长大的。

　　老井真的很老了。确切地说，它是一口老土井。土在哪里呢？出身土，就在一片冲田中间。模样也土，没有井坛，一丈多深，两米见方，井壁垒有大小不一的石块。石间缝隙也大，是泥鳅、黄鳝藏身的好地方。来挑水时，常见游鱼倏地隐进石缝里。

　　井沿和地面平齐，四周几块青石早已被磨得亮光光的，照得见人。千人踩，万人踏，老井里不知道舀出了多少担水。

　　不知道哪一代老祖宗，探得这一泉眼，这就是水根，有了这脉水根，人脉也跟着兴旺。

　　水井不深，但从未干涸过，纵使大旱也干不了这口水井。这是老井的神奇之处。说也奇怪，井水总是不浅又不漫，略微欠点身，用桶底在水面上来回一荡，荡开浮尘，再装满一桶清水。你舀出一桶水，老井就涨一桶水；你舀去一担水，它就涨满一担水。老井的心里有一杆秤，从来不误事。

　　老井的故事很多，儿时就听过很多。

　　有一年大旱，山那边的郭村几口水井都汲不出水。有人就趁着夜色到老井来挑水，弯腰打水时，不小心将上衣口袋的一块银圆掉入井中。老汉为了寻那块银圆，一口气将满满一井水给舀干了。银圆终于找到了，但老汉心里又敲起了鼓，井水都打干了，明天一大村人没水吃怎么办？这个念头折磨了他一夜，第二天，天蒙蒙亮，老汉就跑到井边，发现竟然又是满满一井水。从此，这口老井的神奇在周围村落中也耳口相传开了。

20世纪90年代前后,我们村每年都会有一两个学子考上大学,像藤蔓上结的瓜,接二连三,年年不断。边方四周村里的人都眼馋了。有人就猜想,是不是他们村的风水好?风,是一样的,一马平川,从南刮到北的风是没有多大变化的。水就不同了,水是长在地下的,有根有脉。这是老井的功劳。

小时候总好奇,为什么老井总能"咕咕"往外冒水,又能恰到好处,从来不会溢出来。邻居三奶奶的解释是,井下有一块石头,石头下面压了一条龙。要是把石头移走,井水就会水漫金山。一直信以为真,觉得那条龙被压得好辛苦,抬不了头。长大后才知道,井下的确有块磨盘,但压的不是龙,是泉眼。还听人说,水脉一直通到巢湖,如同一条自来水管道贯穿而来。巢湖的水能喝完吗?当然不能。

过年舞龙灯时,有道仪式就是拜井神,长长的龙灯,盘在井边,摇头又摆尾。居然还有专司井事的神仙,足以见得井在人们心中的地位。

无论生养在哪里,都讲究个"风水",仔细想想,最初的风水,并不玄虚。一眼老井,一脉水源,不难理解逐水而居的缘由了。

老井的水是甜的,井水清冽,炎炎夏日,井水却凉得刺骨,是祛暑最佳饮品。母亲放工后,两个哥哥就去老井边打一壶水,母亲仰着脖子,"咕咚咕咚"一口气喝一大茶缸。喝了清凉的老井水,天再热,都可以定下心来。母亲是这么说的。

每隔一年,都要淘一次井。也就是将井水抽干,用稻草擦掉井壁上的青苔,清除掉井底的淤泥。水流徜徉,水质也更好了。

后来,村中陆陆续续打了很多机井。省去挑水之累,尤其是阴雨天,泥滑地烂,在自家门口就可以打到水,自然轻松多了。不过,机井的水无一例外,都有不同程度的咸涩,远不如老井水养人。

村里豆腐坊的大叔家里也打了口井,每次却还要舍近求远,去老井挑水。他说,村里的井水泡豆芽,豆芽好烂根,还是老井水好,磨豆腐都更出浆些。这些豆子比人还识水性。

如今，自来水引进村庄。家家户户用上自来水，老井渐渐被人遗忘了。

路过老井，想掬一口水喝，父亲阻止了我，老井久未淘洗，井水大不如前了。站在井边，几条巴掌大的鲫鱼在绵长的青苔间嬉戏畅游，不避生人。井壁上浓密的青苔，犹如水中青荇，在不时泛起的水泡中招摇。

我站在老井边，凭吊着一段记忆。

山中闲居

三毛说，每个人心里都有一亩田，用它来种什么？种桃种李种春风。倘使有一亩田，我会三分养花，七分种菜，我喜欢自给自足的田园生活。

有过一段山中幽居的时光，现在想来，那段时日最悠闲惬意。

我们居住的地方，原本是单位的招待所，因为过了潮流，便差遣给教师做宿舍。一条幽深的水泥路，顺着山势向里延伸，大约要走半里路，过一条山涧，两层小红楼掩映在翠树苍松丛中，雨水丰盈时，老远就听见桥下涧水潺潺。小楼依山而立，前面是偌大的茶园，对于喜欢清静的人来说，这里就是世外桃源。

我不喜欢捧着手过懒散日子，看邻居都有一小块菜地，也渴望有片小天地。屋后原本也是茶园，近年无人耕作，荒废了。满地里杂草乱竹，竹鞭似泥土里的蛇，蜿蜒盘错。

好在是熟地，稍作打理便成菜园。只是山土地不肥沃，需上足底肥。邻居给了各种菜秧，我分门别类，在小菜地里给它们划分了地盘。没等到收获的季节，我的产假就结束了。国庆，先生从江南来，特意采摘了一篮子蔬菜带过来，说这是我的劳动果实，应该品尝一下。我倒觉得更像我养的孩子，从幼芽落地，就一壶水、一瓢肥喂养到开花结果。黄昏最喜欢去的地方就是菜地，听辣椒棵拔节，看南瓜吐出藤蔓，摸摸这，瞅瞅那，欢喜不已。

除了菜地，我们还豢养了一只鹰。是学校的男生去山林里抓来的，养一段时间就厌弃了。楼上的老师因此得了一只猫头鹰，我抱着孩子去看它。大白天，它蹲在架子上，闭着眼，一副与世无争的泰然；间或睁开眼，竟是怒目圆睁，仿佛很是愤世嫉俗。听说天黑了，它就来劲了。于是央先生也去寻只被遗弃的鸟，几日后，他带回来那只鹰。

来者便是客，只是这客人有点儿难待候，每餐必备鱼虾肉类，好在它比猫头鹰有趣得多。白天，它在院子里戏耍，先生用橡皮膏药把它的翅膀粘贴起来，以免飞走。展不开羽翅，它只能贴着地面低飞，大多数时间，是迈着伶俐的碎步。它还是乳鹰时，就被顽皮的学生抓来，来不及品尝展翅翱翔的快意，如今，矮矮的院墙居然也锁得住它的心。不过，鹰毕竟不同于燕雀，那些麻雀终日在林梢叽叽喳喳地叫，鹰却很安静，偶尔鸣叫，声音极有穿透力，我相信，它是高飞的鸟。

出入悠然，鹰俨然是居室的主人，与我们也无间隔。常常手拿着食物逗引它，结果被它啄破手指，想来它也是无意，怪只怪鹰钩嘴太锋利。

可惜，那年夏天常常连日大雨封门，不方便上街买鱼虾，只好用火腿敷衍它，没想到食盐中毒。先生给它注射好几支针剂，也没能救活它。那天，雨像从屋脊上倒下来的，天比我更难过。

靠山吃山，住在这里最有感受。初春，幼笋萌发，随便到后山找一找，就能寻得一大把，配上火腿，一碟上好的徽菜。还有蕨菜、蘑菇，我在采蕨菜时还意外从山沟里觅得一株硕大的兰花草，丰润的兰花，铃铛似的缀在花梗上。先生费了好大劲，才连根拔起。等我们兴致勃勃赶回家，花梗上只余两三朵花了。

采野茶也是很好的消遣，晚上就着炉火焙干，泡上一杯真正的工夫茶，唇齿生香。

再后来，先生考研离开那所学校。每次回江南，从路边就可见青山翠蔓中红楼依稀。忍不住放慢车速，再看一眼闲居故地。

舌尖上的童年

同事捧着一抔桑葚，笑眯眯地走进来："快来尝尝！"这是她从校园拐角的桑树上采下来的。乌黑发紫，看着就很诱人。同事用水清洗几遍，又用开水烫了一遍。桑葚是个好东西，天然无污染的。于是拈起一个放在嘴里，味道寻常，还略带点儿青涩，远不如记忆中的那般酸甜。不由得发出感慨："怎么没有孩提时的桑葚好吃了？"不想竟引发大家的共鸣。相同的桑葚，不同的年龄，或许只能这么理解了！

提及童年，话题就像开了闸的河水，有奔腾汹涌之势。

上小学的时候，邻居三丫家的院子里有一棵桑树，每到桑葚成熟的季节，每天中午上学，我都会去等她。然后，得了大人的应允，用竹竿打下几竿桑葚，各自捡在手心里，吹吹上面的灰，一路走一路吃，嘴巴都染成紫色，一看就知道是个馋嘴小猫。有时不小心把衣服上沾了汁水，因为洗不掉，还挨了妈妈一顿骂。

我的话题还没有完，另一位同事就接上话茬，"那时候什么东西都好（hǎo）吃！""不是好（hǎo）吃，是好（hào）吃！"有人笑着插科打诨。就这样，你一言，我一语地说开了。

小时候，做一种游戏时首先要分配人，为了公平起见，两个为首的人高高地拉着手，别的小朋友猫着腰，从下面经过。一边钻，一边高声地唱着童谣："骑大马，带弯刀，问你吃橘子吃香蕉。"被拦住的人，就按照自己喜欢吃橘子，还是喜欢吃香蕉，分别站在代表橘子香蕉的孩子身后。当时我最喜欢说吃香蕉，因为记忆中，我是没有吃过香蕉的。

蔷薇的薹也是很好吃的。阳春三月，蔷薇刚刚探出嫩头，芽儿壮硕锋嫩，用

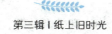
手指轻轻一掐，剥了皮，就是风味零食。"毛姑娘"也是很好吃的，小朋友们会结伴去茅草多的田埂上，拔一大把"毛姑娘"，再找个避风向阳的地方，一屁股坐在地上，各自品尝自己的劳动果实。还有刺槐的花蕊，也有丝丝甜味……

夏天，好吃的东西更多了。地里的甜瓜，田里的山芋，都是随手可得的。胆子小的，站个岗，望个风，最后也可以分得一杯羹。我有两个哥哥打头阵，即便什么贡献也没有，也少不了我这一份。

记得夏天午睡醒来，哥哥最常带回来的，就是六月的雪花藕，还有莲蓬。生产队里看藕塘的大爷，也总是雷声大，雨点小。谁家没有个小馋嘴，谁愿意为这些小孩子跟他家大人红脸？只要动静别太大，不把荷叶都弄坏了，他也就是站在岸上，吆喝几声就走了。

我也喜欢秋天，山上的野果都红了。有棠梨，小，而且酸涩。不过，吃起来也蛮有滋味。要是不怕刺，还可以去摘野枣，秋天的野山枣都红得发紫，在删繁就简的秋林里格外显眼。野枣很甜，与家枣的味道相似，只是核大肉少，不经吃而已。还有野山楂，也是酸里带着甜，在山上放牛，采蘑菇时，总能很意外地遇见一两株顶着果实的野山楂树，红扑扑的，特讨人喜爱。

童年很贫瘠，但童年从来不缺少快乐。舌尖上的童年，总是那么让人怀想！

薯　忆

我真是老了吗？为什么如此怀旧，就连街头飘香的红薯，也抠出记忆中大段链接，宛如老屋泥墙根上脱落的一块块泥巴。

如同一头老牛，将腹中往事一桩桩反刍，咀嚼，唇齿间多了一丝甜甜的味道。大约是经历时间的酝酿，往事也能发酵。

儿时，能够挂在嘴边的零食，就是红薯。除了啃食生红薯，母亲还将红薯切成片，暴晒成干儿，寒冬腊月烤火时，在火钵里埋几片红薯干，微微闻见香味，就用筷子掏出来，拍拍上面的浮灰，咬一口，嘎嘣脆，瞬间能杀死馋虫无数。

有时候，煮稀饭锅里的红薯没有吃完，母亲便捞起红薯用清水洗净，切成杠，晾晒在筛子里。每每未及晒干就被一群馋猫偷吃尽，母亲磕掉筛子里剩余的碎末，神情是意想不到的淡定，"反正都是给你们吃，早吃晚吃都是吃。"母亲没有责骂我们。

乡下比喻人命贱，在哪里都能活，常说是"曲蟮命，有土就能活"！拿着来形容乡村孩子超常的生存能力，再恰当不过了。父辈们是经历过粮食艰难的，接踵而来的红薯代饭，救活了他们，让几经饥饿的肚皮，尝到了饱的滋味。人们的脸庞红润了，腮帮子都鼓鼓的，是红薯撑掇起来的膘。但时隔这么多年，父亲见到红薯，胃里依旧会泛胃酸。红薯，他吃怕了。

我对红薯是矢志不渝的爱，很多野趣都与红薯有关。那时候，倘使大人们让小孩子去放牛，孩子们会不约而同地将牛打到山肩上。其实那里的草最枯，不是放牛的好去处。田野里水丰草嫩，但放牛的难度大，要时刻提防着牛。牛也是喜欢装模作样的家伙，它故意摆头驱赶身上的牛蝇，趁你不留神，回头时顺势叼住满嘴秧苗，任凭你吆喝，它则漫不经心地品尝着偷来的果实，好像什么都没有发生。把牛赶上山最把稳，山高任牛跑，放牛娃也落得自在。

早有准备的大孩子从家偷来了火柴，吩咐岁数小的孩子去山脚下偷红薯，被人发现也不会挨骂，谁会把小孩子当数？沙土地，顺藤摸瓜，不费力气就能挖出红薯。只要把沙土填埋恢复成原样，纵使有仔细的大人发现了，也只是在田头骂几句了事，谁能保证自己家的孩子没有偷过别人家的红薯呢？山坡上时常青烟缭绕，大人们心照不宣。

在山坡上挖个坑，红薯埋进去，松毛松枝随手可得，众人拾柴火焰高，一会儿就闻到红薯香。掀开覆盖的沙土，香喷喷的红薯，你一个，我一个，吃得大伙满嘴黑不溜秋的猫胡子，袖子一擦，各自找到自家的牛，打道回府，也不问问牛吃饱了没有。

　　大学复习考研时，每晚都去人很多的大教室看书，那里人多看书的氛围足。先生那时候还只是我的男朋友，每晚下自习，他都会去那里找我，塞给我一个烤红薯。学校的饭菜油水少，不到九点钟肚子就开始咕咕叫。不知道是不是他听见过我肚子的抗议，还是他本来就善解人意，每次都会跑到校园门口买一个烤红薯。如今想想，总觉得很不值，被区区几块廉价的红薯贿赂了。吵着让他补偿，得到的回应不是装聋作哑，就是呵呵一笑。

　　偶尔在街头闻见红薯飘香，打发先生再去买一块，果然腿脚没有以前利索，还满脑子借口，似乎很不情愿。与他分享红薯时，也少了当初甜蜜的味道。是不是我们都老了？

开花的老树

　　教学楼前有一棵不知名的老树，说它老，是因为十多年前，我刚参加工作时，它就已经有屈曲盘旋的老干遒枝了。黝黑的树径总有挣脱束缚的欲望，皲裂的树皮好像永远包裹不住积年的沧桑。时有红褐色干涩透明的树液，从结痂的伤痕处一滴一滴地渗漏出来，老泪一般。

　　想当年，这里仅有几间平房校舍，几经周折，取而代之的是几栋高耸的教学楼，唯一没有变的，便是这株老树。说也奇怪，这么多年来，老树只稍稍增粗了点儿而已，从未见过它绚烂、辉煌过。一无繁花，二无硕果，单调的叶和干的组合，注定它平淡一生。冬去春来，唯一的变化就是春来萌芽，秋去落叶。岁月与它，是不相干的两件事，它似乎意欲将自己风干成一尊浮雕。老树如一位无足轻重的老人，孤独地静默着，面无表情地凝望着行色匆匆的路人。老树无声，以至于我逐渐淡忘了它的存在，对它熟视无睹。对这棵树的仰望，只有在秋天，接连不断飘零的枯叶,使刚刚打扫干净的卫生区又杂乱不堪时,我才会驻足片刻,厌恶地举头望着它,数着未落的叶子抱怨一番。

乍暖还寒时,鸟雀按捺不住爱情的冲动,喈喈鸟语不绝于耳。好奇地从教学楼的栏杆里探头寻觅着,想看看到底是什么鸟,有这么婉转的歌喉。在伸头的刹那,无意中看见一层猩红的小花,绽放在老树顶梢上。殷色的花朵点缀着尚未绽开的鹅黄色的嫩叶,倘若不是色彩的差异,是分不清花形与叶脉的。初春的梢头,嫩叶一叠又一叠,努力地向上伸展着。细碎的小花,蜻蜓一般攀附在嫩枝的最上头。红的一抹,绿的一层,煞是好看。倘若不是从上往下看,很难看到老树新花的奇观。原来,这株树也是开花的,只是我不曾发现过而已。

在江南一穷乡僻壤处做客时,发现这家的堂屋里,悬挂着一幅裱糊考究的字画,是用小楷工整地抄录着朱子家训。书风端庄古雅、从容俊秀。气酣墨畅而又神定气足,流露出华严庄重之气。想不到这乡野之间,竟有如此精湛大气的作品,想必作者肯定是不凡的高人。询问由来,这副清逸作品竟然出自门前那位干瘦枯槁的老翁。很难将字画与老人联系起来。主人看我将信将疑的神情,向我讲述门前老翁的光辉历史:他可是当地的名人,琴棋书画无所不通,只是特定的历史原因,迫使他归隐故里,从此隐藏了光环。于是,我向老人索要了一幅字画,姑且作为纪念。每逢看见这幅字画,我总不由得联想到教学楼前那株开花的老树。

春节时,一时兴起,翻阅父母早年的影集。儿子指着一张发黄的照片问:"这个长辫子的人是你吗?"我说:"是外婆!"儿子惊愕,反问道:"这么小,会是外婆吗?外婆是老人啊!"或许,从他记事起,母亲就已两鬓微霜,是一副和蔼的老奶奶模样。要将满是皱纹的外婆与青春气十足的少女联系起来,对于少不更事的孩子来说,还需要更大的想象力。"原来外婆也这么年轻过!"这是儿子得出的结论。他终于接受了这个扎着长辫子的小姑娘,经过岁月的洗涤,最终成为外婆的事实。

担心岁月将这些发黄的照片涂抹掉,我用数码相机,将父母那些发黄的老照片,翻拍下来,保存在电脑里。我想通过这种途径,让更多的人,记住这些老树,曾经开花的模样。

那时中秋月也明

  中秋还有时日,有远方的亲友,早早寄来一盒港式月饼,听说是香港百年老店的特色食品,价格也不菲。但儿子似乎并不领情,没有赞许,也没有品尝的欲望。老公的见解更是紧跟时尚:说月饼脂肪含量高,糖分多,吃了容易发胖,建议我少吃。但我还是把月饼打开吃了,不管怎么说,过中秋节,也得有个传统的标志性食品吧。

  如今生活水平提高了,天天都像在过节。大人、小孩对节日的期盼没有那么强烈了,节日也越来越不传统了。

  我记事时,农村已经分田到户,人们的生活质量有所提高。每逢传统节日,家家户户的饮食也会相对丰盛点。孩子们对节日满是憧憬。

  中秋节,最大的特色就是吃月饼。那时的月饼,包装简洁。一块块圆盘大的月饼,黄灿灿的,好似月亮落在人间。刚出炉的月饼,氤氲在烘烤出的芳香里,油润润的,高高地叠放在食品店的柜台上。家家户户,有钱没钱,都买同样的月饼,价廉物美。

  通常,父亲在中秋节的当天,买一块大月饼。月饼放在屋子里,有一片诱人的芬芳。我喜欢对着月饼看,圆形的表面,是规则的菱形方格,方格中间都有个凹陷点,看着就有啃一口的冲动。于是,凑近月饼深深地吸一口气,似乎月饼的微粒可以沿着气流吸进肚里。此时,哥哥们总会嘲笑我:"别老是看,把月饼上看了那么多眼毒,谁还能吃呢?"我不管,仍旧贪婪地盯着月饼。

  月到中秋分外明。吃过晚饭,父亲开始炒花生,我的任务就是去迎接月

亮。因为父亲说，只有等月亮升起来才可以吃月饼。我跑前跑后，一会儿催促父亲快点炒花生，一会儿去瞅瞅月亮是否已在树梢头。

月亮像害羞的新娘，终于从东边探出头来。大地月白，黝黑的树影，在明晃晃的庭前摇曳。我拍着手欢呼跳跃："月亮出来了，月亮出来了！"

月光洒满大地，不需出门，就可以透过门楣，看见亮堂堂的月影。母亲把炒好的花生捧到小桌上，月饼放在花生的旁边。一家人围坐在小桌边，父亲把刀擦得锃亮，沿着中心，小心地把月饼切成若干份。父亲和母亲只象征性地吃一小块，我们小孩子不顾禁忌，可劲地吃。偶尔，还可以幸运地咬到一块冰糖，舍不得嚼碎了吃，只小口小口地啖。香、甜的记忆，成了中秋往事。

其实，中秋还有吃鸭子的习俗，只是那时候，未必家家称愿。村前村后，户户称点儿肉，还是很寻常的，一年忙到头，节日是要好好犒赏一下的。买肉要肥的，红烧大肥肉，咬一口，满嘴流油，那才是吃肉的感觉——爽快。

儿子很奇怪："那么肥怎么吃啊？""好吃啊，一年只吃几次肉，吃瘦肉就不过瘾了！"听了我的解释，儿子怜悯地摇摇头，慨叹道："你们小时候真可怜！"

我倒没有这样的感觉，回想童年，都是些快乐的记忆。那时的中秋，月色或许更加澄澈，月饼也比现在的更醇香可口。

故　　园

　　暑假，在家小住，有机会在儿时居住玩耍的地方，重新拾掇童年的记忆。

　　小时候，厂区很宽阔，厂房也很高大，仓库被一一编了号。从住宅区到生产区，是一段好长的路。而今，这段距离似乎被拉近了，或许是因为我长大了吧？

　　记忆中，那段青砖围墙边，有一片荒芜，父亲把它开垦出来，种了很多家常蔬菜，扁豆、丝瓜、豆角、辣椒还有茄子。父亲下班后，就去翻土，浇灌，然后摘一篮蔬菜。

　　我们还养了一群鸡。一次吃饭时，我不好好坐着，弄翻了方凳，把一只绒毛小鸡活生生砸死了。我被吓哭了，父亲右手托着那只小鸡，左手在手腕上轻拍，但这种方法终究没有将它唤醒。不过，父亲并没有斥责我，反倒安慰我好好吃饭，这让我更加自责，所以至今记得。

　　夏天的晚上，我们到厂里的路灯下捉土狗子（一种一寸多长的昆虫）喂鸡，鸡吃多了蛋白质，为了回报我们，天天下蛋。有一次，居然下了一枚特别大的鸡蛋，比通常的大一倍，父亲拿着鸡蛋，到处炫耀。那枚"大蛋"后事如何，我已记不清了，大约也是祭了"五脏庙"。那时候条件艰苦，好在父母善于经营，日子也过得顺畅。

　　我和哥哥常常偷偷地溜进生产区，这是不被允许的。因为"棉花重地，严禁烟火"。曾经有过顽皮的孩子，偷了家里的火柴，在厂里玩出了火灾。于是值班的人，格外苛刻，我们是仗着父亲的面子，打着给母亲送饭的幌子，才可以进去的。

　　对于我们而言，厂区就是个乐园。仓库里，有的地方棉花堆到横梁。我们把装棉花的布袋撕开,爬到棉花堆最高处,在屋梁上把布袋两头系上,做了一个简易的吊床,舒舒服服地躺在里面。

还有一种游戏,现在想起来才知道危险。棉花收购高峰期,仓库装不下,就会把棉花堆积在外面。为了使棉花通风,需要在几米高的棉花堆下面,挖出一横一纵两条交叉的隧道。我们也见缝插针,常常乘人不备,悄悄地从这边洞口,爬到那边洞口。被人发现后告诉妈妈,少不了一顿骂。此时,站在空空的棉花基旁,才明白,倘使那时棉花堆轰然倒塌,埋在棉花堆下,都不会被人发现。

第三十间仓库是最恐怖的,那间仓库大得出奇,在里面说话都会有回声。听说那里"闹鬼",值夜班的人还看见过"白胡子老头"。大人们都不轻易进那间仓库,何况是孩子。那时,我们都是绕着走的。不过,现在仓库周围高大的树木都被砍伐了,那间阴森的仓库也明朗多了。

如今,站在曾经繁荣过、沸腾过的厂里,眼前是一片萧条。工厂被买断,工人散尽,机器也被贱价变卖,连厚门板被都扳得七零八落,空空的厂房,张着大嘴,如饥似渴。这是父亲曾经保卫的工厂,不知道他站在这里,会不会难过?

清晨,买早点时,发现卖大饼的,居然是以往的邻居龙大姐,只是现在已是一脸"奶奶相",满是皱纹。是岁月的痕迹,还是生活的拖累?我不知道。

听说厂里的基地转让了,老房子都要拆迁,过段时日,这里又是高楼林立。下次回来,此处将是物非人也非了。走过故园,由不得再多看一眼。

青 春 如 茶

邂逅他，很偶然。那天他穿一件月白色短袖衬衫，银灰色的西裤，神情从容，目光空远，成熟背后掩饰不了些许的老境颓唐。那顶遮阳帽，好像永远长在头上一样，即便在室内，也从不摘下。第一眼见到他，总觉得似曾相识，却又苦寻无踪。记忆中有一个模糊的影子，但始终无法与现实中的他对号入座。

近旁的朋友看出我的困惑，经她点拨，我才幡然醒悟，原来他就是当年的电视主播，难怪面容如此熟悉。这几年，他从前台走向幕后，也就逐渐淡漠在我们的记忆中了。记得上高中的时候，他已风华正茂，是电视台的当红小生，嗓音醇厚，英气逼人。欣赏他优雅的气质，温婉的台风。隔着电视屏幕，觉得他是那么的清秀而遥远，遥远得只能当成偶像去崇拜着。当年的他，还常常成为我们女生热议的焦点，有位相貌俊美的女孩，对他的喜爱，更是几近狂热。可如今，流光催人老，老得让我这样的当年"粉丝"都没有一眼认出他来。

眼前的他，沉稳富态，与当年的英俊潇洒大相径庭。不知道当年那个追捧过他的漂亮女孩，再次见到现在的他，是否也如我一般，感喟良久？

二十年的时光算不得久，却也改变了很多。当年少年不经事的我，也已是人到中年。青春韶华，那是曾经的事了。

暑假学习驾驶的时候，几位朝气蓬勃的大学生成为学员队伍的先锋力量。他们的动作总是那么干净利落，灵活机动，不拖泥带水。倒桩的整个过程，一般人需要六七分钟才能完成全过程，而他们，只用三四分钟，就可以完成漂亮的"灌篮"。看他们流水一样娴熟迅猛的动作，灵动得让人艳羡的头脑，忍不住扼腕感叹，自愧不如。教练员半是嘲弄地对我们说："不服老不行啊！"从未经受过年龄危机的冲击,自始至终没想过用这个"老"字来形容自己,而今,却接连被这个"老"字砸了个头破血流。

有人说,青春如同纸巾,看着很多,用着用着就不够了。摊开双手,两手空空,我的青春"纸巾"早已荡然无存,人生大抵如此,失去后,才知道回味。可惜青春如茶,客走茶凉。杯中的茶叶,历经冲泡,此时也一无滋味,二无形容。

人生短暂,青春如茶。留不住美好,留得住记忆;留不住青春,却留得住现在。专心泡好当前这壶"茶",才是第一要务。毕竟,人生苦短,实在经不起几次冲泡的。

忍俊不禁的童年

童年那么多往事,说起来,总让人忍俊不禁。

那个年代,没有谁家特别富有。小伙伴之间,纯朴得如一张没有遮拦的纸,没有谁会炫富,嘲笑对方穿的衣服破旧;也没有谁会嘲笑哪个偷摘了邻居家的杏子,因为自己也吃了一个;更没有谁会有新奇的玩具,惹得大家眼红。童年往事,回忆起来,都是让人感觉快慰的。

最值得一提的,当属我做的那件错事。

七八岁那年,大哥的班主任路过我们村,父亲恰好遇见,于是硬邀着班主任到家里坐一坐。老师也是盛情难却吧,其实,他应该是急着往回赶的,毕竟天快黑了。

那年头,招待贵客的礼遇,也就是一碗面加三个荷包蛋。我看着母亲,围着围裙,急匆匆地出去了一趟,回来时,怀里兜着四个鸡蛋。母亲轻轻地对我说:"转了好几家,才凑了四个鸡蛋!"其实,母亲不说,我也明白,鸡蛋是招呼客人的，我不会讨着吃的。

大哥坐在灶膛下烧火，母亲煎了荷包蛋，分别盛在两个碗里，一个碗三只，另一个碗里只有一只。我围着锅台，看母亲有条不紊地捞起面条，下了佐料。扑鼻的香味，让五脏六腑都熨帖了。我对着冒着热气的面条碗，狠狠地吸了几口气，母亲嗔怪地用筷子敲了我一下。我笑了，母亲也笑了。为了弥补刚才的"嗅相"，我自告奋勇地帮母亲把碗端到堂屋去。父亲和班主任正在就大哥的学习问题探讨着。

快出厨房门时，母亲追上来，叮嘱道："左边一碗是老师的，三个鸡蛋，右边一碗是你爸爸的，一个鸡蛋！"我白了母亲一眼，甩下一句："啰唆！"径直进了堂屋，班主任见我端着两碗热气腾腾的面条，赶紧站起来谦让，兴许是见了老师，我心里也发了慌。丢下面条，急急地躲回厨房。

昏暗的灯光下，父亲陪着老师一起吃面条，我和母亲站在厨房门口看着，听他们边吃边谈论大哥的学习。不久，只听到他们"呼啦啦"地吃面条声，话却不多了。单单看见父亲一只鸡蛋接一只鸡蛋地往嘴里送。

送走老师后，我们家就炸开了锅似的。母亲指着父亲的鼻子责备道："你这个老东西，也不长眼睛，给老师吃的鸡蛋，你一个接一个地吃，丢不丢人？"父亲歉意地说："你也不告诉我，我怎么知道老师碗里只有一个鸡蛋呢？我后来才发现的，只是晚了……"接下来，可想而知，矛头都对准了我，母亲气得说不出来话，父亲说我"不长记性"，大哥狠狠地瞪了我一眼。我也没想到，好心会办成坏事，自然一肚子的委屈。好在，老师并没有计较，父亲后来专程去说明这件事时，老师说："知道是碗端错了！我知道咱乡下都厚道人！"

一晃三十年过去了。如今与家人谈及此事，总会掀起一阵哄笑。我故意打趣父亲，悄悄问他："那时吃了三个鸡蛋，是不是很爽啊？"父亲也哈哈大笑："光知道女儿心疼我，没想到会这么贴补我！"

带我们走进春天的老师

学校很小，两排平房各有三间教室，依山对立。矮矮的院墙把两边的房子连接着，自成一体。大门永远是敞开的，从来都没有安装过铁门。后山算作另一面院墙，校园中规中矩。

父亲病退后，我就从镇中心小学转到这座小学。小学太小，小得我有点儿不适应。

担任语文教师的，是本家叔叔，因为参过军，转业后，生产队照顾，就成了小学教师。不过，那已经是很久远的往事了。

他个头不高，又是本村的，熟识得几乎没有了隐私，就连他的乳名学生都知道，自然少了几分威信。调皮的孩子，常常躲在校园左边的竹园里大声呼喊着他的乳名。

对我们来说，直呼老师的全称都是不恭敬，何况是如此大声地呼喊着他的乳名。我想他肯定听见了，并设想着他必定会怒气冲冲地把那几个学生叫到办公室；或者是跟他们的父母告状，都是本村人，谁家的孩子他心里一清二楚。我认定那几个坏孩子，今天肯定少不了一顿训斥。

上课的时候，平静如水，似乎什么都没有发生，老师照常上他的语文课，我疑心有更大的阴谋。电影里潜伏下来的特务，在搞破坏前，都表现得比老百姓更加忠厚老实。我怀疑他也是特务，我没有把这个发现告诉任何人，只是冷眼观察着他的一举一动。

我看见他从竹园里砍来一根手腕粗的竹子，在办公室里把竹子剖成一根根竹篾, 不知道他在制造什么武器……

阳春二月, 草木尚未萌发。那个微风轻拂的下午, 上体育课时, 李老师把我们带到后山顶上, 他也兼体育课。他的手里多了一只硕大的纸蝴蝶, 拖着长长的尾巴, 几个调皮的男生跟在后面, 小心地托着蝴蝶的长尾巴, 如同庄严的护卫。

原来他这段时间筹划的就是这只风筝? 一群山村小学的孩子, 只在书本中见过风筝。

老师用红的, 蓝的, 还有黑色的墨水, 把蝴蝶涂成鲜艳的色彩, 两只黑亮的大眼睛, 一圈套着一圈, 仿佛石头投入湛蓝的湖水, 泛起的涟漪。山顶是一片空白地, 那个最调皮的男生, 在老师的指挥下放着风筝线。老师高高地擎着风筝, 在阳光下奔跑着, 并高声指挥那个学生: "快拉, 快拉!" 那个男生紧张地拽着线, 也在山顶上兀自狂奔。风筝飞了一人多高, 盘旋着一头栽了下来。

"大约是尾巴轻了, 不能平衡," 老师又用白纸条给蝴蝶接了一截尾巴, 回身告诉那个放线的男生, "慢慢地跑, 要看着风筝, 一边跑, 一边拉扯, 才能让风筝飞得更高一点儿……"

再次放飞的时候, 纸蝴蝶像飞天的仙女扶摇而上。线很快放完了, 风筝定格在蓝洼洼的天空中, 蝴蝶在清风里盈盈颤动, 仿佛是春天的使者。老师让我们每个人都拉扯几次线, 感受一下放风筝的心情。

所有的孩子都激动地欢呼着, 跳跃着, 嬉笑着。暖暖的春风拂过我的心头, 我和那只大蝴蝶一起走进了春天。

再后来, 那几个顽皮男生找到了自己的"事业", 做风筝, 做滑板车, 做投射的小电影……他们整天忙碌着, 再也没有人躲在竹林里叫老师的乳名了。

第四辑 / **凡草皆敬畏**

凡草皆敬畏

儿时，与哥哥游戏的过程中，突然，他腹痛难忍。父亲请来了赤脚医生，他在当地，算是一把能手。听诊把脉后，蛮有把握地断定："是阑尾炎！"阑尾炎是要开刀的，不过，他有不用开刀的秘方。父亲跟随他，在田间地头转了一圈，手里掯着一把野草。父亲说是草头方子。

父亲带着一把铲子，去找草药了。夜幕降临，二哥为父亲送去一盏三用灯。村头的塘埂上，一点灯火，或明或暗，那是父亲在挖药草。记不得草药是什么模样了，但那盏寻草药的灯火，一直亮在我的心头。

上初中时，母亲患了肝炎。肝病是富贵病，患者不能负重，还要营养好。医生说要慢慢调养，否则容易再犯。邻居告诉父亲，中庙那边有位老人，会看这种病。很多病者，到他手，药到病除。父亲买了一些礼品，不远行程，去拜访他。回来后，父亲照着老人给的草药，沿途挖了很多。捣烂后，佐以红糖，冷敷在母亲的手腕上。一天下来，便见了药效，母亲的手臂上，起了很多豆大的水疱。水疱破了，淡黄色的液体不停地渗出来。母亲说："拔掉这些毒水就好了！"

几个疗程之后，母亲完全康复了。这么多年来，从未复发。想必是那次除了根。

最近看了几位知名女作家的读书笔记，诸多内容是品《诗经》，论《本草》的。从她们的笔记中，我也茅塞顿开。譬如"采薇"，薇者，不过就是嫩豌豆苗。数九寒冬，掐一把肥硕的豌豆头，清炒，起锅时，撒上少许盐和白糖，清香爽口。"菘"者，不过就是大白菜。还有白萝卜，唐朝就有栽种，但那时是做供品的。时称莱菔，其籽叫莱菔子，供药用。白萝卜本身就有消食、止咳、利尿的功效。难怪俗语有云："青菜萝卜保平安！"

　　阳春三月，常见人在田埂上剪一种开紫罗兰色花的野草，听说是草药。父亲说："别小看这些草，对节生长的，都是药草！"可惜我没有读过《本草》，分不清芳草、醒草、毒草、蔓草的类别。

　　但有一种茅草，漫地生长。春天，花未开，含在叶苞中的花蕾，可以采来吃，当地人叫它"茅姑娘"。开花也独绝，花穗是密生的白毛。茅草根也可以吃，挖出来，是白嫩的，生吃，甜脆可口，也可以做菜。农田里，它是致命的杂草。无论阴湿、干旱、贫薄的土地，它都可以立地扎根，很难去除。这样卑微的野草，竟也有止血生津、利尿解毒的药效，还有助于体虚。

　　乡下说，牛羊畜生是"百草头"。它们啃草，似乎的确没有挑剔，凡可入口，几乎不曾拒绝。看着它们健壮的体魄，我对百草无比感念。

　　活在自然里，用最纯净的方式。卑微，不张扬，纵使巨石压身，也无惧无畏，执着地把生命的叶脉，伸到太阳底下。它们内心充满阳光，因为温暖，所以怀有治病救人之心。

　　由是，见野草，必生敬畏心！

望　春

　　洗净了的冬衣与棉鞋,晾干后一件件地收藏进柜子。温室里的花,也一盆盆地搬上了阳台,拭去旧年的陈渍,浇灌一壶春水,静候着第一片新叶的萌发。经受漫长季节的饥渴,我可以听见它们"汩汩"的饮水声。这或许就是冬的祭奠仪式,节气的绵长,连同铭刻在记忆里的"冷",一并催它休眠、促它归去。我们要去迎接春天了。

　　整个冬季,厚重的棉衣加身,心情也如那荒野,成为一副黑白对比的木刻,生冷木讷,少了几许曲线。换上一套崭新的裙装吧,心情应该与这远道而来的春一起明媚着、亮丽着。

　　将窗户打开,把窗棂擦净,请阳光进来,给春天让个道吧!

　　树干依旧,但孕育着春天的叶子,日渐饱满。顶在枝头,像一只只贮满绿色颜料的瓶子,一不小心,瓶子就会被倾覆,树会被染成绿色。我期待着那瓶子打开,染绿枝条,染绿藤蔓,也染绿那一树的希望。

　　歌声与鸽哨一起,在天边嘹亮,这是迎春的号角,春会循声而至。风筝也在云端做着招摇的动作,摇曳着,妩媚着,似乎在采集阳光的煦暖,去回报岁月的殷勤。

　　站在高高的山峦,眺望春来的方向。绿色的地焰喷薄而起,从天际奔突而来,如钱江的大潮。燃烧着绿焰,席卷着大地。不久,山绿了,水绿了,田野绿了,空气也绿了。

　　那对纯情的鸟儿,在向阳的早枝上诉说着春天的心愿。我追随着那朵花的影子,四处寻找春天的微笑,发现流云一抹,绯红地栖息在朝阳的山畈里,那是春天回眸一笑的娇颜。

春色如洗，洗净了那一路的风尘仆仆，天是蓝的，云也更轻盈了。小溪从山涧走来，我在溪边掬一口清泉，却不慎将轻愁跌落水中，溅起几重涟漪。溪水一边流淌，一边传唱着春来的消息，她途经的地方，都有列队的仪仗。

我打算忘记那个冗长的冬，让心腾空，来承载更多的春意，在思绪里一遍又一遍地勾勒着春的容颜。我决意将春装裱成画，就挂在我书房的影壁上，点缀一屋的浪漫。

可我又不敢挽留春天，怕误了时节，让爱字成殇。我需努力压抑心中的那个"痴"字，不敢将她系得太牢。还春一个自由身吧，放春回山林，春是放养的兽，一堵心墙，怎么可以关住她的流畅？

我也要从这里出发了，溯春而上，徒步去那春来的远方，追寻春的源头，我要掘开春的堤坝，任春一泻流淌。

有春的地方，就会有我的行囊。

拈 花 时 节

"春看桃花，夏观荷，秋赏菊花迎风霜，冬惜梅花一点点。"为了看桃花，我曾三次去黄龙。

第一次去黄龙，是去年春天，听人说无为黄龙的桃花很有名，踏春时节，欣然前往。因为陌生，走了很多冤枉路。询问当地人，听说我是特意来看桃花的，两个人竟同时指着相反的方向。或许，这里的桃园太多了。

一路寻花而行，却不见花的踪影。就在我想放弃的时候，转身处，竟然就是百亩桃林。连绵几个小山坡，桃树虬枝低矮，人在树中行，仿佛置身事外。第一次见到这么大的桃园，感喟不已，只是来早了几天，未到盛花期，一串花序，半枝微微开放，半枝仍是猩红的花蕾。不免有些遗憾。

折花怅然而去，却又割舍不下。周末，又去了一趟黄龙——我喜欢圆满的感觉。不过三五天，就迎来了盛花期。一路游人如织，花下还有几对拍外景的新人。他们与桃花，都是春天里最亮的风景。满园桃花盛开，心中再无缺憾，满意而归。

今年清明，正赶上桃花节，天空飘着蒙蒙细雨，丝毫不减游人兴。雨润桃花，更添几分婀娜。早春，天干无雨，桃花却开得一团热闹。远远望去，是一片片绯红的流云，横亘披拂。近看花开成堆。硕大的桃花，花蒂挤挤挨挨，又都想把花瓣尽情舒展。花开满枝，一串串，高处的花枝，连缀着低处的花束，花瀑一般。第一次见到桃花开得这么浓烈。这是花的海洋，站在并肩高的花丛中，人面桃花，相互映红。今年肯定是个好年成。

入夏，途经黄龙，又想起那处桃花。同行的朋友听我讲述春天的盛景，兴趣盎然，一行人驱车同往。不经意间，车与桃林擦肩而过。印象中，只见桃花，不见叶。这满树的枝叶，竟有些陌生。经过了两个偌大的桃园，红了嘴巴的桃子，在翠绿的树叶中，半含半露。这倒激起了我们的好奇心，去买点儿鲜桃。停了车，正好一个汉子，挑着满满两筐桃子，从桃园深处走出来。问价钱，居然也要三元一斤，很奇怪："今年大丰收，也不便宜点儿？"那汉子叫苦不迭："哪里丰收啊，干旱，桃子结得少！""春天的花不是开得很多吗？"不免心生郁闷。想起一种花，叫"谎花"，花开得欢喜一团，却没有结果的心。原来开花与结果，不是一码事。

回去的路上，朋友突然无话了。来的路上，车里人的话都让她一个人说了。什么原因让她骤然深沉了？她淡然一笑，神秘兮兮地说："这个地方，几年前我也来看过桃花！"我有点儿惊讶。她又诡秘一笑："和我的初恋。我们还约定桃子成熟后，再来摘桃子。""后来呢？"我追问她。"后来？他是他，我是我了！我们没有来摘桃子。"我们笑了，感情也可以有花无果。

哎，人和花是一样的，哪里会一成不变？

春雷一声惊蛰始

算不得霹雳，天际轰隆隆的几声春雷，劈开了季节的樊篱。雷声并不清脆，如同战前沉闷的鼓点，点点震撼人心。"春雷惊百虫"，几场倒春寒，敌不过春雷的悸动，一切就像懵懂酣睡的眠虫，在惊蛰前蠢蠢欲动。

惊蛰到，云雀惊，展翅飞入云。云雀一整天都在歌唱，这只灵动的歌手，在云端把乐符串成章，谱写成情歌，抒发对春天旷世的爱恋。秋去冬来，候鸟追随着明媚的阳光，随雁南飞。云雀，守候在曾经的地方，它相信，春天不会舍它而去，它只是远行。以初恋的情结，爱恋新春归来。一年又一年，云雀般痴情地守候，让时节有春归的急切，怎能让云雀在等待中老去？

惊蛰到，鲤鱼惊，结对水面行。过去的那个冬季到底有多冷，鲤鱼说它不知道，整个冬天它都躲藏在水底冬眠，它甚至记不清冬冷峻的模样。惊蛰唤醒沉睡的鲤鱼，它们结伴畅游、觅食。春江水暖，鲤鱼不是唯一的知情者。成群的鸭子，是最先的访客，早就探出水温回暖，它们在河里嬉戏追逐，沉寂了一冬，冷冷的水面沸腾起来了。

垂钓的鱼竿，也一节一节地抽出来，一直拉到河中央，渔人喜欢赶着春讯，捕捉鱼的肥美，垂钓一江春水。

"惊蛰未到雷先鸣，大雨滂沱似蛟龙"，雨一茬接一茬地下，应了"四十九日乌"的农谚。河水不知道什么时候悄然涨起，河面宽阔了。春寒料峭，但风明显柔和了。仿佛刮了一冬，锐利的剑锋倦钝了刀刃，纵使有寒光，却不再逼人，少了寒冬的凛冽。

微风吹皱了河面，鱼鳞般的涟漪，恰似鱼儿游来游去。兴修的河道，除去了淤泥杂草的阻塞,通畅了很多。河水清浅,上下河道,因为有落差,河水"汩汩"流动。下游的河水,静静地向远方延伸,宛如一支古老的民歌,不温不火地传承着,不需要太多的脚注。

河水清澈见底,河床上沉淀的苔藓,随着暗流,向着下游的方向舞动。仿佛一直栖息水底的蝴蝶,一张一合地扇动着翅膀。

惊蛰到,蓓蕾惊,窗旁传花信。窗台上那只青瓷花盆里,去年的宿根,已然萌动成无数的蓓蕾,一粒粒绿豆似的覆盖在泥土上,经过春雨的洗涤,水灵灵地,像是随时会绽开。

春天是飘浮在空气中的微尘,轻柔温存,让我们不曾察觉。多亏惊蛰提醒,春光一刻值千金,怎能耽误好时节?

"到了惊蛰节,锄头不停歇。"惊蛰过后,田间地头,多了忙碌的身影。韦应物的《观田家》一诗中这样写道:微雨众卉新,一雷惊蛰始。农家休闲的日子,到惊蛰就算告一段落。丁壮之人,都在野外忙碌,休整场圃,日薄西山时,晚归的农人,还牵着牛犊,在溪涧边饮水,这就是田园。二十四节令,把这田园打点成一首叙事诗,一幅风情画,或者是一囤米粟。

节气一个接一个,物候是棋盘上的一粒棋子,从来不能孤立地看待。惊蛰,在二十四节气中最有震撼力,它让大地生动。

 采　青

　　三月初春，山依旧是空的，没有半点儿新意。远远看上去的绿，其实是错觉，不待我们走近，就躲迷藏似的消失了。好像还没有积攒好最后的力量，春，这个即将"呱呱"坠地的婴孩，在地母的子宫中隐隐胎动。我期待在转身的刹那，听见婴儿破涕一哭，紧跟其后是春满人间。

　　此刻，草还是去年的草，枯黄，陈旧，恰似经年的纸张，有隔着岁月的蜡黄。我猛然醒悟，知晓了过往的日子是什么颜色，对，是黄色，如同枯草。

　　朋友知晓我们在山间闲游，问我："山青了吗？"我竟不知如何回答，怕他笑我矫情，山还未青，就急于踏青。

　　于是偷换了一个概念——"看青"，草色是可以遥看的，站在山巅，极目四望，目光所及的田野都是碧绿的，油菜、麦苗还有窄窄的田埂，脉络清晰地将这些绿色勾勒得深浅不一。宛如一块魔方，转着转着，全绿了。

　　美学中，蓝和黄混合就成了绿。天是蓝的，地是黄的，生长在土地上的绿色植被，是蓝天和大地共同赋予的生命，所以传承了蓝天和大地的基因，这便是绿。

　　山沉睡着，山涧是醒着的，雨水从这里汇集，一直流向山下的小溪。湿润润的山沟里，苔藓绿茸茸的，明亮的新绿会让人为之一震，这是对生命的渴望，虽不奢侈。苔藓也不贪婪，很浅很薄地依附在泥土上，像是怕刺疼了山，轻轻一撮就连根撩起。先生喜欢这些苔藓，要把它们移栽到家中的花盆里，日日得见。这些苔藓绿得太让人感动。

　　山坡上，一棵碗口大的树桩，白生生的斧痕在杂草丛生处格外醒目。父亲看着树桩，叹息道："可惜了一棵好树！"这是一棵山毛榉，可以长到七八丈高。

从致密的木质可以断定是株良木，但它没有等来春天。庄子有言："快马先死，宝刀先钝，良木先伐。"不知道这应该是树的悲哀，还是人的悲哀？看父亲一脸惋惜，我便安慰他："或许春天还能从树桩边抽出一根新芽呢！"

先生提议："我们去挖些兰花带回家吧？"他不知道这里的山太浅，藏不住蕙兰。几年前，在他故乡歙县南乡的大山中，我们曾挖过一株兰花。那里山很深，一山连一山，新安江流到哪里，山就延伸到哪里，山与水蜿蜒相伴。我们采竹笋时，在幽深的山谷里发现一株硕壮的兰花。一束兰花一首诗，胡适的《兰花草》或许也是在这样的情境下偶得的。

但这里没有那种名贵的幽兰。我们寻了很久，发现一种暗红的野花，大约也是兰的一种，叶片如兰，清瘦修长，花蕾很单薄，没有兰的幽香。根却扎得很深，接连挖了几株，都没能连根挖起。

靠山吃山，靠水吃水。在乡里人看来，山里就埋着宝藏。儿子也寻到了他的宝，是一段裸露在外面的竹鞭，经风历雨，竹鞭也绿如翠竹，但比竹节更柔韧、结实。儿子得了宝贝，满心欢喜，一路快马加鞭下山了。

我与母亲也没有空着手。山脚下的麦地里，荠菜肥硕丰嫩，清香诱人，算得上一味山珍。晚餐多了一道上市菜——凉拌荠菜。开水浸泡后，荠菜越发青绿。配上各式佐料，更是可口。

余下的荠菜，我带回来包了饺子。阳台上的花盆里都掩上一层苔藓，成了最早的春色。

恰似故乡槐花香

黄昏时分,领着儿子在公园散步,迎面扑鼻的芳香,敦厚淳朴,花香中蕴含着甜丝丝的味道。"槐树花!"我脱口而出,这伴随着乡土气息的芳香,是我嗅觉中最敏感的记忆。

故乡的村前村后,都覆盖着浓密的槐树。这树生命力强,落地生根,只要有土壤的地方都可以生长,从不论土地的贫瘠与肥沃。没有人工栽种,村前的山上,半个山坡都是槐树,花开的时候,半坡雪白,好像是昨夜的一场雪。远山近岭都沉浸在槐花的馥郁中。

老宅前也有三棵老槐树,也不知道它们历经了多少个年代,有记忆的时候,这三棵树的浓荫就可以乘凉了。也不知道老树究竟有多老,小时候,我们从不敢轻易去靠近那沧桑的老槐树,因为《天仙配》中,就有位白发的神仙是从槐树下钻出来的。小孩子们总是喜欢对着老树发痴,既盼望着有一天树下会钻出来一位老神仙,又害怕这槐树真的成精。

槐树花纯白如玉玲珑,掩映在绿枝丰叶之间,一树的槐花,不胜娇羞,如待嫁的处子,欲语还休。花未开,活脱脱一只只银色的小口袋,引人遐思无限,总想等候她开颜一笑,看看那口袋里究竟埋藏着什么新奇。淡淡的芳香,一天天浓烈起来,却总是清新爽快的,没有香樟的刺鼻,也没有梧桐的夸张。梧桐花总是一串串毫无遮拦地、高高地直立在枝头,像一挂挂紫色的铃铛,迎风招展。它的喧嚣正与槐花的内敛形成了鲜明的对比。这些紫色的风铃也就成了迎接槐花的序曲。素净的槐树花就是踏着这乐曲款步走来,就像披拂着婚纱的新娘。沐浴在槐花的香气中,总想着贪婪地深深吸口气,这芳香总有洗心润肺的功效。

　　槐花饼的味道已经淡漠在我的记忆中了。母亲说过"粮食不够，瓜果凑数"。她总在槐树盛开的时候，将一些槐树花，掺在碎米面里，贴成饼。可惜那时候，我们都很不懂事，不知道为母亲分担贫穷，只知道找纯面饼吃。不过，槐树花蕊倒是很香甜可口的，儿时可没少吃过呢！

　　后来日子逐渐富裕起来，槐树花就很少吃了。不过，在我初中的时候，家里养了两只羊，经常没有时间去打羊草，我们就直接从屋前的槐树上扳一些枝叶给羊吃，羊最爱吃的就是槐树花了。一个花季，都是我们的憧憬。肥了羊羔，人也清闲了，不用摸着黑去打羊草的。结果槐树几乎只剩下光秃秃的干，好在这树泼皮，一场雨后，又是满树的嫩枝新叶，毫无受伤的痕迹。

　　很多年过去了，那几棵老槐树依旧枝叶繁茂，枝干愈加遒劲了。一天，来了几个外乡人，要父亲把这几棵老树砍倒卖了。父亲断然拒绝了，一千块钱，对于乡下人，是个不小的数目。父亲还是毅然决定保留那三棵老槐树。

　　再回故乡的时候，恰是槐花飘香，村前来了一群放蜂人，他们来自遥远的地方，就是冲着我们那里的槐花去的，总是夸我们那里槐树多，槐花旺，可以酿出好蜜来。听说槐花蜜比油菜花蜜还要浓醇得多呢！

　　一阵风过，几缕花香，忍不住又要思念故乡的槐花。

一个人的夜晚

夜幕降临，儿子拉着父亲，说："外公，我们去散步吧！"对于儿子的小资小调，父亲有些为难："我们乡下不能散步啊，外面黑，不像你们城里，到处亮堂堂的！"或许，乡下真的不比城里，纵使深夜，城市的边隅也为霓虹通染。乡下，月上枝头，黑漆漆的夜幕，如同一口熏黑的大锅，将田野，山峦，乡村扣得严严实实。乡下的夜空，格外清寂，月光邈远，在与地面的交汇处，保留着一片情感的盲区。

推开大门，乍往外看，屋外雾似的黑成一团。乡野的清风迎面吹拂，沁入肌肤，让每个毛孔都熨帖舒畅。电风扇只会把屋内的热气搅来搅去，这股热风，远不及野风凉爽。索性，搬一把躺椅到露台上乘凉。

母亲陪着儿子看动画片，间或，可以听见他银铃般的笑声。儿子已齐肩高了，但尚未变腔调，依旧爱看动画片，笑声也毫无保留，总能快乐自己，也能打动听众。

父亲与爱人在拉家常。"一个女婿半个儿"，父亲把他当客人，也把他当儿子，与他有说不完的话。家底都抖搂出来了：田里的棉花，地里的玉米，春天的收成，夏天的展望……父亲说得仔细，爱人听得认真。

我是唯一的闲人，独自在露台上看星星。城里的灯光，乡下的星光，一样的妖娆。

院子里，葡萄叶被风吹得"沙沙"作响。草窠里的夏虫，高一声，低一声地为心上人弹奏着情歌，勤勤恳恳。一只萤火虫从墙外飞进来，在院子里滑着弧线，好像打着灯笼，寻找遗失宝贝的路人。有心喊儿子出来捉萤火虫，却又不想让这只可爱的虫子失去了自由,还是任它自由飞翔吧,我做看客。喜欢就行,不必拥有。

冷月无声,寂寥地悬挂在半空。屋前的池塘里,半塘碎金,那弯新月,被风吹皱了。山与水,最大的区别是,山是厚重的,水是清灵的。

村前的小山,夜色下愈发黝黑,如同蹲伏着的巨兽。总以为水涨山也长,但父亲说,是树长高了,山没有变。几年的工夫,山上的植被长得密不透风,想上山看看,找寻儿时的足迹,却因无处下脚,只好作罢。要想登高望远,只能等到冬季草枯叶落了。

抬头望天,我喜欢45°角,这样的姿势,视线最宽广。抬眼,数天上的星星,低眉,是村前的小山。昏黄的灯光,点亮了另一处村庄,夜晚的空气稀薄,我不知道它是远,还是近?

有人说,抬头看天,最是寂寞。但我此时,却是亢奋的。睁开眼睛,打量夜色下的周遭,村前村后,天上人间,尽在吾心;也可以闭上眼睛,凝神屏息,什么都不必挂心。心绪是自由的,我喜欢思绪空如白纸。

一个人的夜晚,任自己融化在这夜气中。侧耳倾听,无丝无竹,无箫无管,天籁之声,不绝于耳。夏虫吟唱,风为和弦。《大自然音乐系列·星光夜语》中,那曲让人缱绻的轻音乐《一个人的夜晚》,不过是这自然之声的拷贝。

一个人的夜晚,风清,人定……

 读　　秋

秋是物化的心绪。

儿子的眼里，秋是绚烂多彩的：火红的柿子点缀着枯黄的叶片，湛蓝的晴空中飘浮着朵朵白云，还有黛色远山，卧佛一般静枕无忧。他眸子里，秋就是秋，和他的瞳仁一样澄澈，纯净得没有一丝一缕的尘俗杂念。

总觉得带他秋游不太适合，秋，偏重于理性。而他，过于喧闹，宛如绿地上快乐的小鸟，不消片刻的宁静。或许，这个缺乏思考的年龄，只适合去踏春，他们的喧嚣，与春红柳绿，是相得益彰的，只一个"闹"字尽可概涵全部。春，不需要那么深邃。

秋无奢华，赏秋，则要耐得住寂寥与清寒。秋到深处，是不会流连于繁华都市。楼宇巷陌，范围了秋，这里太拥挤了。狭窄的缝隙，容不下秋的放旷。都市花园，只适合纤细浓艳的工笔画。秋的豪情泼墨，只有在大漠、浩海上，才可尽情挥洒。一马平川，可以点染沙场秋点兵的恢宏气势；层林尽染处，方显秋的妖娆多姿。

临山望湖。登高，空山寂寞，衰草连天，叶子终究要与树干别离，山体难免日渐憔悴单薄。望远，湖水微澜，天高云淡，不知是否因为连日的秋旱，使水位退减，还是由于晴空的空远，水似乎瘦了许多。无限秋色，尽落心底。

秋高气爽，本是出游的好时节。览秋之人，却是寥寥落落，没有春日游人如织的盛大。倘若说踏春是一种消遣，秋游更多的应是凭吊。探春风可以营造好心情，望秋景，是需要心境的。

秋游，需要一份闲适。归心似箭的人，眼里是没有风景的。疲于奔波的游子，只能装点了秋的苍凉。枯藤缠绕，老树如虬，黄昏归巢的乌鸦，惹得愁更

愁——飞鸟相与还,人却不得归! 小桥流水缭绕着几户冷清的人家,秋风袅袅,古道荒凉,映照着羁旅客切肤的落寞,倦怠之马日渐消瘦。断肠人的心中,秋便是思了。快马加鞭,秋风急,哪有心情去挽留?

离人也不适合观秋,"何处合成愁,离人心上秋"。离人心中,悲的是残秋,愁的是别绪。触目又会伤怀,望穿了秋水,又看断了南飞雁。云中锦书,终未传来,难怪乎这愁绪,一拨又一拨,才下了眉头,却上了心头。秋色有声,寂寞无痕。不是离人容不下秋,是载不动太多的寂寞。赏秋,需要平和之心。

哎,谁与共秋风? 峰回路转处,竟有几位长者一路谈笑风生,迎面而来,个个步履稳健,神态从容。时值人生之秋与季节之秋的交汇处,或许,只有他们,才可以参悟秋语:浓也是一生,淡也是一辈子,到了这样的年纪,还有什么不能释怀的呢?

踏春时,春花总给人无限的怀想,憧憬秋实高挂。秋游之际,果实已了然于心了,历练生命的精华,秋,是珍藏记忆的季节。回望这秋色,只不过是季节的过渡。从夏走到冬,季节的轮回,是开端,也是结局。谁能断言,秋是衰老的春天,还是育春的种子?

一样的秋天,不一样的心情。眼里的秋景,心中的物语。读秋,就是读一种的心境。

花　未　央

　　霜降已有时日，立冬在即。一想到冬季，心中竟有些担忧。天寒地冻，能有多少寒花，经得住岁月流转？

　　清晨，上班途中，不经意地发现邻家的院墙里，那株陈年缠绕的木质藤本忍冬，含情脉脉地攀爬在围墙上，开出几丛花束，吐露心事似的，欲语还休。初开花朵灿如白雪，但这雪色却经不起时光的淘洗，渐次淡染成金黄。索性称其金银花，我倒觉得"银金花"更妥帖些。原本以为，只有人老才会珠黄，不料，花老亦黄。人与花，是这般切近。

　　小区围墙根下，自生了几株"洗澡花"。通常，花开在下午三四点钟后，这段时间，大约正是乡间孩童洗澡嬉戏的好时候吧，所以落了个俗气的名字。从初夏开到深秋，花期相当漫长。花有灵性，花开花落，来世间走一遭不容易，不开得花团锦簇，也枉为此生了？记得二妹的文中，说这花原本有个好听的学名，叫"紫茉莉"。我想，倘使大家都尊她为"茉莉"，不知道她是不是还有这样随遇而安的命运。会不会也学着名贵花草，自恃出生高贵，孤傲矫情起来？我希望她依旧花性纯真，单纯地活着。如这般红艳艳的照眼欲明，俨然一副平民花魁的仪态。

　　广场上，有几处花树，外围是几株国槐，内侧有五六棵樱花，中间有半圈夹竹桃环绕广场。夹竹桃的叶子蓬蓬勃勃，暗绿色的厚叶片中，饱蘸了土地的肥沃。花仍在零星地开放着，不知道她们准备几时谢幕？倒是那株国槐更有趣，不分时节，无由地盛开了半树槐花，淡雅的黄绿色，高高地垂挂在繁枝绿叶间。盛夏时节，槐花开得正旺，道旁国槐的浓荫下，铺洒了一层软软的花毯。想就着槐树的阴凉，就得践踏着落花。踩在花上，心中有些不忍。"寒塘渡鹤影，冷月葬花魂"，花既有魂，那也应该有风骨，这是她的高贵之处。

读《红楼梦》时，常私下揣度，金菱十二钗的悲欢，是否暗合十二月的花语？刘心武续写红楼，硬生生地让黛玉沉塘而死。我偏不信，既然命本绛珠仙草，怎可以葬于水中？浮萍无根。且黛玉葬花一节，就有明示。

"花谢花飞花满天，红消香断有谁怜？"黛玉是怜花惜花之人，觉得落花埋在土中最干净，于是，将花收入锦囊，葬于土中。"质本洁来还洁去，强于污淖陷渠沟。尔今死去侬收葬，未卜侬身何日丧？"从她的葬花词中我们可以知晓，既然黛玉以花自喻，那么花的命运，可否就能理解为黛玉的结局呢？绛珠仙草，落地生根，才是文理所在。

校园里有一丛月桂，孟冬之时，花下依旧暗香浮动。徜徉于花下，脑海里顿现一词——"花未央"。季节交叠，纵使万花落尽，还有雪花漫天飞舞，古人赠雪美名"花未央"，是否也是对花事的怜惜？

好花常开，好景常在，花未央，爱未央。心中有花时，何时不飞花？

雨是花蕾雪是花

这个冬天很漫长，冷雨无休无止。天真的小女孩一眼看穿了真谛："这次上苍真的伤心了，所以流泪不止！"熟人见面，也绅士起来，谈天说地："雨还有几天下哦！"春天是阳光一点点积攒起来的温度。天不放晴，没有太阳的照耀，春寒依旧料峭。

朋友在博客中给我留言："你若安好，便是晴天！"一日转一日，都没有转晴的迹象，我不知道如何回复她。太久看不见阳光，"晴"的概念在头脑中模糊了，难怪有人发起这样的感慨："问世间'晴'为何物？"

周末，宅在家里，空间太小，寄托不下心情，我喜欢室外的放旷。站在阳台上看雨已没有新意，甚至有点儿单调，天空只是眼前狭窄的一片，倘使是晴天，三月已是风筝满天了。

心情郁积成浓稠的液体，撑不起，也放不下。于是，在微博上写下这种情结："雨下的人有莫名的悲伤！"悲伤何来，我不知道。在我看来悲伤有两类：一类是你明白悲从何来，这样的忧伤有药可医；另一类悲伤是莫名的，像风不知道从哪个方向吹来，凭空想象的阴霾最难拨开，找不到源头的哀伤最难医治。

朋友建议："去跑步吧，运动能让心情好一点儿。"我喜欢用奔跑的方式来清空愁绪。跑在烦恼的前面，不快乐的事情丢在原地，有如释重负的感觉。但今天不行，外面下着雨，雨点儿敲打着窗棂，叮叮咚咚，这种声音太陈旧，早就不悦耳了。原地跑步，我不愿意。卖力地做奔跑状，却走不到前方，没有奔脱的快意，也没有领先的优势，心情依旧坏着。

雨时大时小，放肆地下着，不肯收手，如同不讲理的孩子。在它面前，我是无助的。

前几日偶从《说文·雨部》中得了一言：雪，凝雨，悦物者。原来，雨和雪有前身后世的姻缘。雪是凝结的雨，雪贵为花，那么雨呢？雨就是雪花未盛开前的花骨朵？雪和雨，是花和朵的关系。

"梅须逊雪三分白，雪却输梅一段香"，雪成了花，就胜过了梅。北风一吹，雪花迎风盛开。漫天飞舞，没有哪种花比得上这样浪漫的情调。雪，果然是悦人之物。

雪是盛开的花，雨是待放花蕾。因为这个意外的发现，我兴奋不已。不再厌倦连绵不断的春雨，欣然去看雨，看雪花未绽放前的花蕾。雨点从天飘落，滴落在阳台上，四溅开来，花蕾跌碎了，没有轻盈的花瓣。看来，不经历严寒，生命的枝头绽放不出美丽的花。

雨依旧下着，只是我的心情已经从糟酿成了酒。

第五辑 / **书的温暖**

 雪　　痕

　　周末，一整天都在埋头整理文稿，未向窗外张望过，没有留意悄然袭来的雪意。

　　早上醒来，拉开窗帘，赫然出现在眼前的，竟是冰清玉洁的银色世界。厚厚的积雪，如蓬松酥软的蛋糕，满世界都是。山川，原野，城市，乡村，处处都被雪覆盖得严严实实，有韵又在无形中。雪还在不停地下，漫天都是，飞花，飘雪，乱成一片。我的心里也开始飘雪。

　　雪花漫天，三花两蕊，恰似长着翅膀的鸟儿，应和着风的节拍，自由地飞翔着。雪花落进手心，倏然而逝，化为一个个浅浅的小水晶，冰凉的。恰似俏皮的精灵，机灵地亲吻一下我的手心，转身就飞走了。若有若无，似在传递一个信息："我来过！"

　　喜欢冬，雪应该是唯一的理由。倘若没有雪，冬便无可牵挂了。无雪的冬天，宛如无酒助兴的盛宴，总让人有怅然若失的感觉。对于生活在皖中地区的人来说，"无雪不成冬"，似已成为思维的定式。

　　自幼，就喜欢在素洁无瑕、无人经行过的平整的雪地上，兀自前行。纯白如洗，厚厚实实的积雪，在脚下发出"咯吱咯吱"的声响，惹人爱怜不及。走走又停停，蓦然回首，看看来时路，是雪地上留下的一串深深浅浅的足迹。雪若继续下，和着风，卷着雪花，分明的脚印，会逐渐模糊。时间久了，飞雪弥散，脚印将被彻底覆盖。雪地依旧崭新的一片，无人知我曾来过，我的足迹包容在雪的怀抱里了。

　　记不起是什么理由，让我痴情于在雪地漫步。站在雪地里，却不知寒。抓

起一把雪，捏成团，掌心的余温，不足以化雪，反倒被雪吸尽了温热。身体却是温热的，在雪地行走，是需要勇气和力量的。

漫步雪原，一个人，不觉得寂寞；一群人，也不感到喧嚣。雪野空旷，苍苍莽原，雪厚处，尽显雪色；草深处，又露草尖，斑驳芜杂，雪野不是一成不变的素净。

雪后初霁，太阳照到哪里，雪便化到哪里，雪来得迅疾，去得也匆忙。"春雪赛马跑"，雪化的速度，可想而知。但这一场冬雪化得却很慢，似有等待。听说这就是"候雪"——前一场雪等候着后一场雪。想来，这雪也是有情之物。

看到雪，想起朋友说的那段与雪有关的初恋，想起那个叫雪梅的女孩。二十年前，他大学三年级，第一次见到她时，刚刚下了一场大雪，他在雪地里拍照，看见她穿着红色羽绒服，坐在雪的光环里，笑声传得很远，这便是他们的相识与相恋。可惜，不久，那个女孩子突然死了，像雪花一样，化得干干净净，什么都没有给他留下，除了他的思念，他的痛苦。

人虽逝，情永留。这便是有关雪梅的记忆，是我听说过的一段最凄美哀婉的初恋往事。雪一般的情节：夜阑人静时，随风潜入夜，悄然无息，不惊人梦。又像雪一样融化无痕，残存的只是生者对逝者永远的难以释怀。一场雪，一段梦，美好的是花开花落的瞬息，却给人无限的怀想与遐思。

吴守春老师曾说过："别人给子女留下金钱，我们别无可留，权且留下一些文字吧！"借着他的东风，我开始整理自己的文稿，老师又问起文集的题目，我随口答道："就叫《雪痕》吧！"

雪，终究会消融。或许升腾为天上的水汽，聚涌成云。来去无踪，摆脱的是羁绊，风的方向，便是云的影踪。也许，雪径直化为水，渗透进地壳，汇集成一泓清泉，便有了铮铮淙淙的泉流声。雪，原来如此简单自由。

我终于明白爱雪的缘由了，是眷念冰雪消融后终无痕迹。雪本无痕，留得下的，是心迹。

明天，阳光灿烂，但远山，依旧有一抹淡忘不掉的雪痕。

梯子不用时请将它横放着

　　为了防止梯子倒下伤人，工作人员特意在旁边写了条横幅"注意安全"，几年过去了，没有发生过梯子倒下伤人的事件。原因可能有两点，或许在这几年里，梯子从来没有倒过；也或许因为这条横幅的提醒，大家都刻意绕开梯子走，避免了危险。

　　一位慧眼的客户来洽谈事宜时，建议把条幅修改成"不用时请把梯子横着放"，看似只是小小的语气变更，却不知，这句温馨的提示，却是将实质性的问题扼杀在摇篮之中。与其让所有的人都无时无刻不去提防着潜在的危险，还不如控制住危险的源头。这才不愧为良举。

　　把梯子横着放，其实只是一个细节，但细节中却晓见成败。

　　2003年，美国哥伦比亚号航天飞机在结束"科学探究之旅"重返地面的过程中爆炸。人们在痛心之余，也在找寻航天飞机失事的原因。

　　经过专家调查论证，这次事故的直接原因就是航天飞机外部燃料箱上脱落的一块泡沫材料撞上了航天飞机左翼前缘的热保护部件，并形成裂孔。航天飞机返回大气层时，超高温气体从裂孔进入"哥伦比亚"号机体，造成航天飞机熔化解体，七名航天员全部遇难。但专家同时也指出，航天飞机计划管理中的问题和击中航天飞机左翼的泡沫在这次事故中起到了同样的作用。因为早在分析报告中就记载多次泡沫材料脱落的事故，但宇航局管理人员忽视了这个细节，把泡沫材料脱落只当成一个维修问题，而非安全隐患。谁能料想，一块微不足道的泡沫会导致航天飞机的解体呢？

　　把梯子横着放，虽是细节之举，却也反映了社会公德和责任心。

　　一架梯子，不用后应该如何处理？只是在上面挂条警示标语——"注意安全"，就可以推脱责任？看似极有责任心的背后，恰恰是不负责任的表现。不是积极地去解决问题，而是把问题踢给社会，让更多的人承担责任。

　　为了安全，安监部门再三强调，提醒学生不要乘坐无牌无照的"黑车"。我想，如果监管部门可以从源头上杜绝此类车辆，还需要我们频繁强调吗？很多社会问题，与其被动地维护，不如从源头抓起，既节省人力、物力，又可以达到事半功倍的效果。

　　把梯子横着放，是解决问题的一种方法，也表现出一种智慧。

　　庄子曰：快马先死，宝刀先钝，良木先伐。所以庄子才会因"宁可像一只乌龟拖着尾巴在泥浆中活着"，得以保全。反之，杨修之死，不可不说是锋芒毕露的后果。大到安邦定国，小到修身养性，韬光养晦，善于守拙，都不失为大智。

　　智慧的人生，梯子不用时就横着放吧，让子弹飞得再猛烈些，又何妨？

人间送小暖

　　再读《汪曾祺精选集》，给人的整体感觉就是一个字——暖。读他的作品，宛如在倾听一位长者回味着故乡的奇闻旧事，故事中有你，也有我。汪曾祺的作品，正如他自己所归纳的："我的绘画和创作，都是为人间送小暖！"真诚和美是他作品的核心。

　　他的小说多写童年、故乡，记忆中的人和事，淳朴自然，清淡委婉地表现和谐的意趣。吸收传统文化，具有浓郁的乡土气息，并在小说散文化方面，开风气之先。

　　有人说"土性（民间性）是他全部的审美基调"，作为20世纪的"乡土作家"，汪曾祺的作品里无处不在的乡愁与市井人物,奠定了他作品的基本风格。《汪曾祺精选集》中,几乎以人物传记的形式,描摹了一群记忆中熟稔于心的众像相:五花八门的能工巧匠、倒了运的农民、各种各样的商人、邂逅的囚徒、见多识广的食客、淳朴的劳动妇女、亦僧亦俗的和尚、风流倜傥的名士,社会中各色人物,被他信手随笔,个性形象,跃然纸上。这也是他深厚的文化积淀和开放性思维空间的流露。

《汪曾祺精选集》选取汪曾祺四十五篇短篇小说。除了几篇根据民间传说改写的故事外,其余的都是以市井人物为蓝本的乡土故事。

《大淖记事》获1981年全国优秀短篇小说奖。小说描写小锡匠十一子同挑夫的女儿巧云的爱情故事,挺拔斯称的十一子和心灵手巧的巧云在劳动和日常生活中产生了感情,作品同时以散文的笔调,细腻地描写了大淖的风光、世俗和人情。

《汪曾祺精选集》中,风土和人情是紧密相连的。《鉴赏家》中的叶三,可以从细节中准确地判定画家的画,虽然语言极少,但句句是金,甚至能挑出画家的不足,他是一个真正的鉴赏家。

汪曾祺是一个多才多艺的作家,诗、文、字、画都有很深的造诣。他的小说中,保留着众多绘画的技艺。他在写小说,也是在绘画,描绘一幅幅风土人情画,画中无处不在的乡愁。《异秉》《受戒》《大淖记事》《岁寒三友》《八千岁》……哪部作品没有留下他的故乡高邮的倩影?

风俗画小说体是朴素的,也是自然的。《汪曾祺精选集》是一组由文字勾勒而出的风俗画。《大淖记事》中巧云给十一子喂尿,让人想起民间流传的秘方,童子尿可以用来治疗内伤。《受戒》一开始,就写出了他的家乡出和尚,这里叫"出家",当和尚俨然与弹棉花、箍桶、当画匠一样,成为一种谋生的职业。在这种民俗心理支配下,海明与小英子产生感情,就不以之为怪了。汪曾祺确实很懂得用中国特有的民俗形式来表达感情,让读者从风土人情中得到共鸣,并产生一种冲动,试图在身边找寻与之雷同的奇人异趣。

汪曾祺的作品,依依神韵中带来一种诗意和美的情调,"一庭春雨,满架秋风"，是一种触摸不透的浓淳；又有"篱下小葱小菜一样清新自然"。掩卷遐思，更是一种难以释怀的温暖。

书 的 温 度

书是有重量的，但它的重量通常是在当作废纸处理时，才被反应在秤杆上的。书也是有温度的，它的温度，也是很难用温度计来测量的。事实上，书的分量并不是指它有多少千克，因为知识不是以多少钱一斤来交易的，书的分量是指它对心灵产生的震撼与穿透，它可以让孤独的人不再寂寞，让恐惧的人不再惊悸，愤怒的人不再激进，无助的人不再彷徨。同样，书的温度也不在于它可以点燃多少火焰，而在于给予人心灵多少的滋润、慰藉与安抚。

在日常生活中，无处不折射出书的分量与温度，它让人内心感受到无尽的温暖、振奋与宁静。捧一卷书，宛如围炉夜话，倾听谆谆教导，润心无声，它给予读书人以信心、毅力乃至优雅的性格和美好的品质。

邓青青，这个可爱四川小姑娘，家境贫寒，平时她所做的就是努力读书。她的家距离学校很远，每天晚上放学回家的时候，天已经黑了，她唯一可以做的事情，就是一边往家赶，一边就着手电筒光亮看书。5月12日的汶川地震，小青青被埋在废墟底下，坍塌的教室，厚重的残垣断壁，阻断了5月的阳光。5月的太阳，应该是灿烂热烈的，困在倒塌的教学楼下的小青青，却触摸不到阳光的温暖，闻不到阳光的芬芳。饥渴、寒冷、黑暗乃至恐惧，重重包围着她，这个无助的小女孩唯一可以做的就是打开手电筒，就着微弱的光芒，在废墟下看书！等救援部队将她从废墟下解救出来的时候，她依然在看书，因为，她说："只有看书，才可以忘记饥渴寒冷，才可以克服对黑暗的恐惧。"书，以它独特的温度，在危难时刻，陪伴了

这个小女孩,温暖了这个孤独无助的小女孩。

培根曾说过:知识就是力量。他也说过:读史使人明智,读诗使人聪慧,演算使人精密,哲理使人深刻,伦理学使人有修养,逻辑修辞使人善辩。总之,知识能塑造人的性格。书是有高度的,它可以让你挺起胸膛;书是有气度的,它可以让你容纳百川;书也是有风度的,它可以让你气度非凡;书更是有温度的,它可以激起你心中的火焰,让你勇敢地直面孤独、恐惧甚至是死亡。书就是这样滋养着我们的心灵。书籍在你我的生活中,有如敦厚的圣母,以她温暖、恬静的怀抱,抚慰着你,宽慰着你。你的思想,你的气质,你的生活,你的快乐,乃至你的哀伤,都在它的光环之下。你会因为书籍的光芒而绚烂起来。

人是灵性的生物,她之所以超越其他动物,就在于她是有思想的。人的思想就是一尾鲜活的鱼,需要水作为它起舞的支点。书籍就是水,越往深处越保持着它恒久的温度——4℃。一尾快乐的鱼,在温暖柔和的水中,自由自在地轻盈舞弄清影。

读书吧,在寒冷的冬夜,读书可以取暖;在孤独彷徨的时候,读书可以帮你寻找到人生的方向与目标;喧嚣的时候,读书可以让你平和;消极倦怠的时候,书籍会扬起你生活的风帆。

生活因为读书而精彩。拥书在怀,感受它的温度与芳香。

他们的爱情

　　我去凤凰古城，就是为了朝觐一个人——沈从文。报刊上一幅凤凰古城的照片，标题就是《沈从文的凤凰》，在很多人的心里，凤凰古城就是沈从文的。

　　喜欢《边城》里那朵黑牡丹秀秀，还有她的原型张兆和。曾经以为张兆和与沈从文的爱情，是居高临下的——他爱她多一点儿，她爱他少一点儿。从边城归来，我发现沈张二人的爱情，太多人以偏概全了。

　　《张兆和晚年不识沈从文》一文中，说一位记者采访晚年张兆和，拿出沈从文的照片，当时沈从文去世不过三五年。张兆和却说：这个人认识，只是想不起来是谁了。于是就有人臆断，张兆和的心里从来没有过沈从文。推算一下，八九十岁的老人，患有健忘症是很正常的，这与爱情无关。文中还说，这种死打蛮缠的疯狂追求，让张兆和无法拒绝。是的，她是说过：我顽固地不爱他。那是爱情关系还没有确立之前，怎么可以颠倒前后，来概括这段半世婚姻呢？

　　沈张二人的爱情，有些人真的不懂！

　　在沈从文故居的展厅中，珍藏着他的作品，书的名字都是张兆和起的，并亲笔题名。张兆和还是沈从文作品的第一个读者，帮助他找出语法上的错误和错字，沈从文因此称她为"文法专家"。

　　20世纪五六十年代，沈从文陷入病态的迷狂状态，他不断念叨"回湘西去，我要回湘西去"，见此情景，张兆和泪眼婆娑。在她的悉心照料下，沈从文才逐渐恢复健康。人生低谷，没有张兆和，沈从文走不过来。

　　沈从文逝世后，张兆和为他整理文稿。并给他们的婚姻下了结语："从文同我相处，这一生，究竟是幸福还是不幸？得不到回答。我不理解他，不完全理解他。后来逐渐有了些理解，但是，真正懂得他的为人，懂得他一生承受的重压，是在整理编选他遗稿的现在。过去不知道的，现在知道了；过去不明白的，现在明白了。他不是完人，却是个稀有的善良的人。"很多人断章取义，结果以讹传讹，认为张兆和说婚姻"不幸福"，也"完全不理解"沈从文。

张兆和的另一部作品《与二哥书》的封面有一行字：

"长沙的风是不是也会这么不怜悯地吼，把我二哥的身子吹成一片冰？为这风，我很发愁。"

沈从文得意时称她"三三"，苦难时呼"三姐"；她唤他"二哥"，且不说这郎情妾意的爱称，就是那封面上的一行字，足以见证三三对二哥的牵挂和不舍。

如果说沈从文与张兆和在爱情路上遭遇的磕磕碰碰，那顶多是才女"不知柴米油盐的难处"。还有就是因为两人的出身不同，张兆和笑称他为"乡下人"，专心写作的沈从文，生活上的确一塌糊涂，书房里没有下脚之处。一次洗衣服时，兆和发现了一张揉碎了的当票。原来沈从文把兆和的一枚戒指当了，却忘了取回。

我想，张兆和与沈从文的这些矛盾，不过是家庭主妇与邋遢主男之间的琐碎小事，是任何正常家庭都会有的，但绝不会从本质上改写爱情的性质。

五十五年携子之手、与子偕老的婚姻。我敢说，沈从文的爱情，绝对不是一个人的爱情。

闲 情 文 字

热爱文字，因为文字给予我的太多。

面对众人，我不能侃侃而谈。语拙的我，只能借助文字来表情达意，喜欢这种自在简单的形式，只有指尖轻触键盘的"答答"声。文字，是一种依托，也是支撑形骸的经脉。

朋友曾经问我："写一篇文章需要多长时间？"其实，写文章的时间并不很多，因为大量的时间都花在构思上了。对于家务，我已无排斥心理。只有做家务的时候，我的思维才处于真空状态。拖地、洗衣、做饭的时候，我的头脑中，都有可能在酝酿这篇文章，从材料的取舍到行文的切入，无不在这个过程中孕育衍生。万事万物，情理互为交融。可以编排文字的女人，应该有能力成为无师自通的大厨。在我看来，文章只不过是纸上精烧细煮出来的盛宴；饭桌上色香味俱全的菜肴，其实，也是灵性的再现，和一篇言辞曼妙的文章别无差异。我喜欢这两个创作过程。

思想，是一间空房子。里面塞满了对文字的思索，杂念便很少滋生，如同庄稼长势旺盛的田地，杂草很难有生存的缝隙。头脑中有了这些牵连不断的文字，我几乎没有意识去留意什么是烦恼，什么是忧伤。平静如水的心田，是最适宜文字生长的土壤，我决定快乐地生活，幸福地为文。回头细读那些的文章，我被自己感动了，因为我说服了自己，选择了这种心平气和、安静坦然的生活思路，这是我最大的收获。

因为写作，生活变得简单多了。思绪中有那么多美妙的辞章，你还愿意顾念人世间的纷纷扰扰吗？文字让心境澄澈，躲进文字的小楼，身心真正成一统，可以做心无旁骛的赶路人。庐山的导游这样告诫游客："看景不走路，走路不看景！"我想做埋头走路的人，不抬头，写清清白白的文字，这让我觉得自己也干净了，白纸黑字，昭昭彰彰。事实上，只要一路走下去，风景是不会辜负行路之人的。

写文章是件快乐的事。文字中散发着生活的气息，生活也因为文字而更精彩。每一天，对我来说，都是一个憧憬。我喜欢去上班，因为那里，可能会有稿费单或者是远方寄来的样刊和问候；我喜欢崭新的每一天，因为今天会有新的文章以纸质的形式再现，也可能会巧遇激发灵感的诱因。这些就像驯兽师手里的糖果，成为我坚持写下去的诱惑。

文字中的我，自在而快意。我的心绪，会拧成一股绳，在绳子的尽头，总能牵扯出一丝半缕的灵感来。遐思中，偶得佳句，必然欣喜不已。于是，追着爱人问："这句话好不好？"其实没指望得到他的赞美，只想这句话被认可而已。记得一次，我在构思《读秋》一文时，突然灵光一闪，得了一句："谁能断言，秋是衰老的春天，还是孕育春天的种子？"常常因为一两句话，得意好几天。似乎一篇文章，只需要只言片语就可以定乾坤。回想起来，觉得自己肤浅得可爱。

总以为，文字是淳朴善良的。透过文字解读的人生，纯情优雅。文字也有足够的定力，让心情闲淡。有文字作伴，就像徜徉在文字搭建的庭院深处，随时可以找一处避风向阳的山墙，靠着晒太阳，舒适惬意。

敬 畏 文 字

文学的力量是不可估量的。对于文学,我满怀敬畏,文学之于心灵,恰似一副良方妙药。"文学也是人学",这一观念是被人们普遍认同的。因此,在某种意义上说,读文学作品就是读自己、读社会、读人生。作家,书写文学作品,也就是在写自己,写社会,写人生。而文学作为"人学",必须建立在对文学作品的感悟、品味和欣赏的基础上。

文如其人。细细琢磨每个人的作品,必定可以从语丝中,窥破作者思想的端倪和生活的轨迹。纵使刻意地掩饰、小心地编排侍弄文字,也难免在不经意中流露出字里行间的本我。文字,有时被人用来美饰谎言,但它本身却是清白的。

文学,是一种补偿。陀思妥耶夫斯基曾说过:"没有文学,我可能早就疯了,或者已经死去。"他是这样谈文学的,文学就是他的勇气、他的希望。还有索尔仁尼琴、阿赫玛托娃,他们都是在压力下依靠写作活下来的人。与文字为伍,裨益无穷。

文学的魅力,在于它常使人茅塞顿开,让人有所启迪。品读丽章佳句,文字的芬芳丝丝缕缕,渗透进心底最温柔的地方,怡养心性,让你常怀与众不同的愉悦。喜欢写文学的人,是幸福的。写作不仅是高雅的情趣,也将自己对疼痛、甘甜的体悟,用文字的形式表达出来,冷暖自知。不因物质的厚薄,而因文字痛快为生的根源,是心与心的差距。游走在文字丛生的蹊径边,你会真切地感受到文字对灵魂的洗涤,涓涓细流让你睿智为人、豁达为生。文学,是智慧的。

关于文字的留存,沈从文的观点是:"照我思索,能理解我"。文字可以给人留下一个完整的思索过程,若干年后,重拾记录心迹的文字,就像翻阅一本保存着足迹的相册。这便演化成又一个自我思索、重新认知的过程。文字，是生活的轨迹。

善于生活，又善于用文字提取生活的人，定然是高于生活的。生活是实际意义上的文学，忠于生活的人，才是忠于文学。有人说："文学的大众化，就是文学的没落。文学，应该是少数人玩味的高雅艺术。倘使人人是作家，处处有文字，就是文学的沦丧。"果真如此吗？文学距离我们到底有多远？在我看来，文学是渗透在生活的方方面面，是建立在生活这块厚重的土地上的。有生活的地方就有文学，文学滋养着生活，使其丰润；文学也离不开生活，失去了生活，文学扎不下根系。

文学有如一团火，靠近它，就会温暖你自己。不过，要想将自己投入地燃烧，还需要更大的热情。

一 世 书 缘

书是我眼中最宝贵的物品。

自幼家贫，也非书香门第，连一本字典都没有，更不必说是藏书了。除了教材，所看课外读本，皆是借阅。倘遇到精美文章，必然抄录下来，留待细细品味。记得一次，为了尽快将借来的《唐诗宋词元曲三百首》抄录完毕，居然连父亲大人都动员起来了。也因此爆出诸多笑料。父亲对于生僻字，只是照着葫芦画个瓢，他的草字我也不认识，等我再去寻根问底时，他自己也忘记了原初的字形了。我曾经利用一个暑假，将成语词典也抄录下来，每每提及此事，必引之为得意之处。若干年后，研读《送东阳马生序》，与宋濂相比，自己不过只是个"小小巫"而已。悔当初吃苦不够，书抄得也不够多，所以并无建树。

当初所借之书，必定爱惜有加，并在约定的时间完璧归赵。我是忠实的读者，所以对书之爱，也是发自肺腑，为了避免将借来的书弄脏，一般都先将书包上书皮，这样就不至于被污损了。正因为如此，别人有书，都是愿意借给我看的。这就印证了当下流行的一句话："好借好还，再借不难！"

"书非借不能读"，这句话一点儿不假。为了快速看完一本书，我常挑灯夜战。书归还以后，想再借阅，大抵再无这样的机会，所以看起书来，必定十分用心，遇到心动的语句，随手摘录，自然养成了很多的读书习惯。后来自己有了书本，更是肆无忌惮地信手涂鸦，条条框框地画得满书都是，还将自己拙劣的见解与心得，见缝插针地安插在字里行间。我阅读过的图书，别人是目不忍睹的。

感谢那个清贫的年代，感谢无钱买书的拮据，我可以奋力抄录大量的经典文章与优美句段，这或多或少，为我以后对文学的亲近，起到一个铺垫作用吧。

上大学以后，我就可以从每月的零用钱中抽取若干，来作为我购买图书的资金了，但此刻，书籍只不过是我假扮淑女的道具而已，我已无当初苦读的决心与兴趣了。参加工作后，有了一定的经济基础，便可以徜徉于长长的书架旁，自由选择喜爱的图书。但买回来的书，一半是开始翻看几页，便束之高阁，另一半则是走马观花式地跑读完毕。书籍只不过是装点我书橱的玩偶而已。再后来，有段时间心境浮躁，连读书的情趣都丧失了，所幸不久又找回了"书之爱"的感觉。

可以在喧嚣的都市里，静静地捧读一本书，我觉得这是最优雅的姿势。入夜枕书而眠，书是一剂慰心的良药；孤独惆怅的时候，一本书在手，似乎再没有什么不可克服的难关；寒冷的冬夜，可以读书取暖，心外不再有旁骛。无论何时，书与我，是相看两不厌的亲密爱人，更是永不言离弃的贴身伴侣。

讲故事的人与看戏的人

倾听莫言在瑞典学院的演讲——《讲故事的人》。这个讲故事的人，通过他的故事，让我们了解到他创作的灵感和小说中角色的来源，让我感触最深的有两点。

第一点，就是有关母亲的故事，从很大的角度上来说，母亲对莫言做人，乃至作文，都有着很深刻的影响。

打坏了家里唯一的水瓶，母亲只是"抚摸着我的头，口中发出长长的叹息"，母亲对曾经打过她的人的宽容，把自己的饺子倒进乞讨人的碗，还有，帮母亲卖菜时，自己有意无意多算了别人一毛钱，放学后竟见很少流泪的母亲泪流满面。母亲并没有骂我，只是轻轻地说："儿子，你让娘丢了脸。"所有这些，都足以成为莫言以后为人的标杆。

莫言能在文学上取得成就，与他母亲不无关系。母亲不识字，但对识字的人十分敬重。在家庭生活困难，经常吃了上顿没下顿的情况下，母亲对他提出买书买文具的要求，总是会满足的。她是个勤劳的人，讨厌懒惰的孩子，但只要是莫言因为看书耽误了干活，她从来没批评过他。每逢集日她还不再给莫言排活，默许他去集上听书，母亲还是他最初的听众。

在演讲中，莫言对自己的想象力是如何培养出来的作了介绍。生活是一部大百科全书，只有走进生活的人，才能写出最贴近生活的小说。

听了莫言的演讲，给我印象最深刻的，还是发言稿最后三个故事的隐喻。莫言获得诺贝尔文学奖以后，我也成了莫氏的追星族，读他的小说，看一切与他有关的评论。

质疑的声音也并非不存在，但我更愿意相信他的人与文，比如莫言在演讲中曾说："母亲去世后，我悲痛万分，决定写一部书献给她。这就是那本《丰乳肥臀》。因为胸有成竹，因为情感充盈，仅用了83天，我便写出了这部长达50万字的小说的初稿。"

小说《蛙》中有这样一句："我一直准备以姑姑为素材写一部小说，为这本书我已经准备了20年。"井喷式的写作，并非一时灵感，而是经年的积累。莫言以自己的方式讲述着自己的故事，别人的故事。很多故事，或许在他放牛时，他躺在空旷的草地上，就开始了。

我把演讲最后的三个故事认真地听了几遍，得出我自己的看法：莫言是坦然的，获得诺贝尔文学奖后，当众人批评议论他时，起初他是气愤的，但后来，他感觉很多人议论批评的这个人，与他本人没有什么关系，而是那些人用想象力塑造成的另一个莫言。所以他能跳出圈外，以看戏者的身份去看唱戏人的表演。发布会上，有记者问及莫言得奖后的"烦恼"和"喜悦"。对此，莫言吟诗一句作为回应："心如巨石，风吹不动。"《讲故事的人》结尾，他用第一个故事表达自己的心迹：当众人都哭时，应该允许有的人不哭。当哭成为一种表演时，更应该允许有的人不哭。很显然，他很坦然地面对别人的关注、议论和批评，"允许人不哭"，这就是他的态度。

第二个故事，是在告诫他人，你没看见的，并不代表他不存在。正如故事中的老长官看着莫言对面的位置，自言自语道："哦，没有人？"你没有看见到莫言，并不代表莫言不存在。你不欣赏莫言的作品，不代表莫言的成就不存在。

第三个故事，也是表达他对自己的悦纳和对生活的谦卑。我想，他把自己比作那个被抛出寺庙的人，而他，恰恰成为我国第一个诺贝尔文学奖的获得者。莫言认为，中国还有很多作家可以成为诺贝尔文学奖的获得者，莫言并不认为自己的成就高于别人，只把自己当成被抛出去的那个人，这让人对他更加敬佩。

我欣赏莫言，他的作品是魔幻的，而他却是现实的："一个人在日常生活中应该谦卑退让，但在文学创作中，必须颐指气使，独断专行。"不要怀疑别人的能力,不要高估自己的能力,读懂莫言讳莫能深的故事,跟得上莫言想象的节奏,你的心中就不再有质疑了。

勇 者 无 畏

又到了一年一度的记者节,让我想到身边很多熟识的记者朋友。

记得2008年冬天,那年下了一场百年不遇的大雪。纷纷落下的雪花,没有阻挡住巢湖网站组织的文友去附近敬老院奉献爱心的步伐,随行的还有几名记者。

其中一名新华社的女摄影记者,身材娇小,衣着朴素,背着一个硕大的摄影包,与她的身形比起来,十分不称。不知道她长时间端着那么大的长镜头相机,是不是很辛苦?总想去帮帮她,不料,她身边另一位记者笑着说,"你别看她个子小,她干起活来,却有一股猛劲,男记者未必比得过她呢!"

采访了敬老院的爱心捐助活动,已经快中午12点了。这时候,那位女记者开始收拾器材,我很好奇:"吃饭了,你要去哪里啊?""大雪把菜农的蔬菜大棚压倒了,我要赶到那里做一个摄影报道。"当时,大雪已经封道了,去那里需徒步行走。我劝她:"还是吃了午饭再去吧,你走到那里,恐怕要到下午一两点钟了!"她把摄影包一背,潇洒地摆摆手,"不用了,我赶时间。"我一直望着她的背影消失在茫茫的白雪中。

再一次遇到她,是在一次作家采风的过程中。那天我们参观了很多地方,天气炎热,旅途十分劳顿,到达一处正在建造的博物馆前面,有的人累得连车都懒得下了。那位女记者,却走进工地,爬上正在修建的建筑上,从那里居高临下，用很好的视觉角度去拍摄。大家准备离开时，才发现，她还在杂乱的建筑中拍摄着。上车后，我问她累不累，她笑着向我展示她拍摄的硕果——一幅幅红红火火的工地沸腾的劳动场景。

记者，曾经是我最向往的职业，但现在看来，这个职业并不是像我们想象的那么光鲜体面，每天都出入在厅堂暖室里。事实上，哪里有危险，哪里就会有记者的身影。

前段时间，我的一位朋友因为房产纠纷，打了很多年的官司，都不见分晓。走投无路的她，找到报社。值班主任听了她的诉说后，立即派一名记者做跟踪采访报道。通过记者的报道，很多部门对此事也不再推托拖拉了。

站在社会的前沿，记者的另一个职责就是社会监督。很多不能解决，或者是迟迟不能解决的问题，在记者面前，都能够迎刃而解。记者成了消防队、救火兵。在群众的内心，有这样一个信念：有事找记者！

在我看来，他们就是社会奔走疾呼的先锋，也是人民大众值得信赖的依靠，他们能够无畏权势，帮助贫病弱势人群；他们也无畏于社会的黑暗势力，记者这个职业，无形中就成了高危职业。

在很多人眼里，战地记者这个职业是神圣的，但他们也是离死亡最近的人。《环球时报》记者邱永峥在他的新书《跟着美国上战场》一书中，就向读者介绍了战地采访的艰辛、战争的残酷，还有距离仅"4米""10分钟"的死亡。正是他们，用生命获取一个个镜头和一篇篇血淋淋的新闻报道，并以此来控诉战争，呼吁和平。

勇者无畏，勇者无敌。在战火纷飞的动乱国家，需要这样的勇士；在我们社会主义建设的道路上，需要这样的勇士。

第六辑 / **善待微笑**

临　窗　禅

在我看来,窗,是一种途径;临窗,则是一种心态。

喜欢房间里偌大的飘窗,三面凸起,有飘逸感。依窗而望,视线开阔,采光也丰裕。虽是数九寒冬,正午的阳光灿烂。一米之内,日光蓬松堆叠。玻璃隔着窗外的寒,我把自己埋进温暖的阳光里,手卷一书,应了李白的那句诗:"鸟吟檐间树,花落窗下书。"

凭窗伫立,赏月观景,聆雪听雨,迎风纳凉,依偎阳光……四季更迭,窗的优势一成不变。

节假日,喜欢宅在家中。清晨,一缕阳光从窗帘的缝隙中穿刺过来,不用看钟,就可以判断时间。黄昏时,最后一抹夕阳从窗棂边滑落,便在窗前等归人。远远地看侧影,就可以认出他。数着脚步,赶在他摁门铃的刹那,开门迎客,给他一个惊喜。临窗,多了一重默契。

节气变更,温度陡升陡降。室内外的温差大,临窗是最直白的手段。探头,打量早起的路人,或者将手臂伸出窗外,添衣、减裳,心里就有数了。

常有好雨随风潜入,夜阑人静,浅睡时分,透过窗棂的"叮叮咚咚"声,雨势大小已有几分把握。最喜人的莫不过是冬季,拉开窗帘,漫天银色惊现,冰雕玉砌的雪国,是梦的印证。

"淡月笼花花映窗",月色常常有,花是少不了的情趣。喜欢养花,阳台两边的架子上都摆满了。陆蠡因为爱绿,故而囚禁绿色藤萝,但绿藤却逐渐细瘦娇弱,怀绿之人,终究因爱释放了绿。我不惮于犯他的错。那些向阳花,为了让它们有充足的日照,将它摆放在防盗窗的栏杆上。临窗,抬眼就是绿,心情也是绿色的。

有朋友来我家，惊叹异花四季当窗。再次来访，她竟然径直登门。我说她的记性好，方向感强。她笑着说："是你窗上的花，为我做了向导！"

下班时，刻意抬头仰望，墙壁上唯一的生机，是窗前的几盆花草。临窗花，成为家的标志。

渐次，像春风吹过，邻家的窗前也绽放了绿意。卧室的飘窗外，摆放着一丛幸运草。中午做饭时，我都会将淘米水浇灌在花草上，让它保持生机。有一天，推开窗户，正巧邻居正将一盆吊兰放在窗前。我与她相视，会心一笑。韦庄说"绿窗人似花"，我不曾奢望自己如窗前花，也能装点别人的梦境。

陆续，前后几栋楼上，开花的窗户越来越多。

进餐厅茶社，也喜欢临窗而坐，看窗外行人神色匆匆，夜幕下灯火阑珊，一窗之隔，我独享这份安闲。一壶玫瑰花茶，斟了一杯又一杯，续添的茶水，冲淡了花的浓香，好在朋友们谈兴正浓，忽略了茶味。

从行为心理学分析，从餐厅选择座位的习惯，可以判定一个人的性格特征。想起卞之琳的那首《断章》："你站在桥上看风景，看风景人在楼上看你。"想到这里，不禁有些惶恐：此刻，与我同坐的，除却我的躯体，还有我刻意隐藏的内心，在众人眼里，都一览无余了。

闭窗独坐，娴静思想，一窗一世界；推开窗，我与世界没有距离。

 # 三　重　境

"懂你"

一日，曾经的学生前来探访。虽然她们已是大学生，但对我这位初中老师仍能挂念，让身边的人都唏嘘不已。四年后的谋面，我们彼此丝毫没有陌生感，亲密如昨。

她们依旧是懂我的，带来的礼物，也是灵犀之作：一盆雏菊，一盆水竹。她们居然知道我喜欢侍弄花草。上学时，她俩都是我的得意门生，得意之处，不仅是几次大赛辅导获奖。更是在课堂上。与另一位老师谈教学时，共同的感受是"常有遗憾，感觉曲高和寡"。学生的知识面狭窄，且不爱读书，让老师在课堂上有悬空的孤独感。

不过，当初课堂上有她们，就是另一种情形了。我谈高山，她们能以流水应和。我想引用的诗文，说了上句，她们立马能补出下句。她们甚至能与我共同切磋红楼，谈书中人，议世上事。

伯牙有幸，有子期做知音。人们常注重生活中的知己，忽略了另一种"懂你"。在工作中，有这样一些"懂你"的人，也是件快乐的事情。

伊丽莎白女王，出现在公众场合时，左臂弯中总挎着一只手提包。人们都会好奇，包里装着些什么呢？其实，这只包还藏着暗语。女王和客人用餐时，如果她将手提包放在桌上，就意味着她希望五分钟之后结束用餐，离开现场；与客人散步聊天时，如果她将手提包挂到一侧肩上，就意味着她想结束聊天。当然了，女王将手提包挎在左臂弯，表明她感觉谈话很轻松。她细微的举止，都能被人读懂。

我觉得，人活到境界处，当是有人懂你的。"懂你"，是一重境界。

"不懂"

偶然，看见一标题——《临终前后悔的25件事》，出于好奇，浏览一番。原来临终前后悔的，也不过是些寻常事宜。诸如，没有实现梦想，做了对不起良心的事，过于相信自己，没有妥善安置财产，等等。

前些日子，发现网上竟然有人兜售"后悔药"，从一毛钱到十几元，价格不等。本以为又是年轻人的恶作剧，谁料，点开网页，发现购买者竟也芸芸。询问知晓事理的人，他们说，所谓"后悔药"，不过是一些文件，包含一些笑话和人生哲理。其中有句话，让我也从中受益匪浅：永远不能让同一件事情伤害自己两次！

其实，人所皆知，这世界上哪里会有真的后悔药呢？不过，那句话，倒是值得深思。很多时候，我们在犯下过失后，又在不断地悔恨中，让自己一伤再伤。

孩提时，看过鲁迅的《祝福》，情节其实是在后来温习的，但剧中祥林嫂在失去阿毛后，逢人必说的那段话，当时就烙印在我的心中：我真傻，真的，我单知道下雪的时候野兽在山坳里没有食吃，会到村里来；我不知道春天也会有狼……

祥林嫂似的后悔，其实是于事无补的，阿毛终究不会复生。她一遍又一遍重述着她的追悔，也是在一遍又一遍地伤害自己。

倘使打翻了牛奶瓶，你会怎么办？没有打翻之前，就可以做好防范，消除一切打翻牛奶瓶的隐患，这是上智之人，思维敏捷，办事周全。但我们不能事事清醒，即便自己谨慎有加，还有很多外因非我们所能控制。人生在世，过错难免。不悔，是一种境界。

遇到打翻牛奶瓶之类事情，能够迅速冷静地清理地毯上的污垢，将损失降低到最小损失，应该是最明智之举。事前需要深思熟虑，事中勇于担当，事后有"不悔"的豪气。这是睿智人生。

我喜欢"不悔"的境界。

"不二"

上课时，为了让学生看清幻灯片上的文字，我临时将字体从五号调整到小三号，结果，台下学生议论纷纷。听她们窃窃私语，原来是对"小三"这个词太敏感。索性换成三号字，免得他们有了困惑之资。

想起一句俏皮话："婚姻是爱情是坟墓，但'小三'偏偏还来盗墓。""小三"成了公害，大家喜欢把责任推卸给"小三"，而忽视了当事人的罪责。倘使当事人能有"不二"心，谁还能成就"小三"呢？

九华山一座寺庙的后院里，有一侧门，门楣上写着"不二门"，狭窄的山门因此醒目。门是紧闭着的，站在高处，墙外幽谷翠竹依稀可见。"无限风景在远峰"，我想，不二门外，定然是大好风景。不过，行程匆匆，我也无暇，遂于"不二门"擦肩而过。

"不二"，其实是佛学术语，本来，"不二法门"是指对事物认知的最高境界。当然了，"不二"，还有一层含义，就是"不变心，专一"，这是我崇尚"不二"的真正内涵，我喜欢"唯一"的感觉。

不二，不独是感情事，其实，人生在世，凡事可以有"不二"心，专心而为，必定是无往而不前的。

"不二"，我觉得更是一重境界。

 清　欢

　　窗外，满城月光，小城不夜，有谁在相思？洞箫清吹最关情，一曲《枉凝眉》幽幽咽咽，道不尽的人间"好了事"，清泉从指间潺潺流淌，我的心湿了、重了，如饱蘸露珠的草尖。

　　凤箫喑哑，余音袅袅。吹箫的人做起了织布的活，从竹管里扯出一缕缕的丝，丝线见了空气，瞬间凝成锦缎，时急时缓地抛过来，把我整个儿包裹起来。我的心在那如泣如诉的箫声里，揉碎了，又被那些细得看不见的丝缠绕着，捆绑着，想分心都难。箫泉又酿成酒，不把人灌醉不罢休？失去了思考的能力，除了呼吸，我什么都没有做，就在箫声里枯坐，坐化成一片空白。

　　轻轻开启尘封了三个月的广口瓶塞，里面是明月亲手酿制的葡萄酒。见她用勺子舀起漂浮的酒糟，放在一只浅碟中。再小心地端起瓶子，轻缓地滗析着，酒浆流入白胎瓷盏中，仿佛一袭滑溜轻薄的丝巾，从肩头滑落。

　　茶有茶道，酒也有酒道。极品的葡萄酒饮用时，要提前一两个小时打开瓶盖，让酒液有充分的时间释放出它浓郁的酒香，这个过程叫"醒酒"。酒也是有生命的，需要用时间去唤醒它休眠的意识。我喜欢侍弄红酒的过程，仿佛是童话里的王子，唤醒沉睡的白雪公主，这是饮品红酒浪漫的开始。

　　清亮的玫瑰红，纯而不媚，淡却不寡，我疑心这酒色也叫女儿红，低头可见它少女般的羞涩。红殷殷地盛在雪白的茶盏中，清酒，白瓷，由不得人不想起那句挂在嘴边的话"红玫瑰，白饭粒"。大俗往往与大雅相依相托，不分伯仲。

　　紫褐色酒糟搁在白瓷浅碟中，也是一道稀罕的菜。饮了美酒，却不知道这酒糟是什么味道，可谓"不知其源"。夹一片咀嚼，味道甚好，比酒味更浓，质地柔

软绵长。能吐出甜美的琼浆，必是得益于它宽厚温润的心，如同女子生了孩子，有一颗慈母心，方能分泌出乳汁。

极品葡萄美酒乃是珠玉之实，用的是上等葡萄——赤霞珠，赤霞珠具有藏酿之质，可陈年十五年或者更久。美的东西要经得住精雕细琢，也能承受得起时间的考验。一杯美酒，要承受得起时间的封存、岁月的抛光，在寂寞中等待，在酒窖里发酵，最后才得沉香。成熟的葡萄美酒周身散发着隐逸之气。

愿得酝酿之心，做架上一枚葡萄，经历时光的淘洗，在日与夜中辗转酝酿。末了，成了一杯美酒，或许也只是一碟酸醋。现在还不敢妄言，时间是最后的见证。不过，思想是发酵的酶，心存悲悯，自然能流淌出清醇的酒。

一段酝酿，一场修炼。先是碎了身骨，发酵，过滤，再加糖，压榨，勾兑，……酝酿的过程有融合，也有吸纳，是静静守候等待的过程。人生如茶也似酒，或烹，或酿，才能达到纯美的境地。

听说葡萄酒的酿制很有讲究，不单单从酿制的过程开始，还要追溯到葡萄的种植。葡萄酒的香味与种植葡萄的土壤和气候以及周围的植被都有关系。法国左岸波雅克的葡萄酒具有薄荷的香气，而气候类似的梅多克却没有；赤霞珠葡萄酒里面的桉树香，主要是来自周边有桉树种植的地区。这倒是应了荀子的话：蓬生麻中，不扶而直。白沙在涅，与之俱黑。

忘却形骸品其滋味，人间有味是清欢。约几位志趣相投的朋友，寻个静谧雅致的去处，清茶薄酒，煮字为药，吹箫酿酒，医贪念，治妄心。纵使置身熙来攘往的繁华都市，也是娴静一身。

学会与自己分享

上中学时，我就养成了写日记的习惯。快乐的事，沉重的事，我都会提笔向纸张倾诉。在这个静静书写的过程中，感觉自己逐渐轻松愉快了。快乐的事情，众人面前，不能大肆宣扬，担心别人说我嚣张。但在日记中，我可以畅所欲言，没有异样的眼神，没有嘲弄的目光，没事偷着乐。忧愁也可以说来自己听，与自己交流的过程中，说服自己，"大事需变小，小事需化了"。

写日记的习惯一直保持到工作后，直到由博客和QQ空间取代了纸上的交谈。QQ空间里有"心情"一栏，我常常用简洁的语言，来记录下我的快乐、忧愁，还有对自己的激励和劝解。"无处安放的忧伤！""我闻见春天的味道！""害怕过年！"……这些流水账一样的语录文字，编制交汇成我的心结。并以此告诉自己，"其实我很重要"。

早晨，朋友打来电话，告诉说我的征文获得了二等奖。于是，开电脑的头一件事，就将这个好消息写下来，与自己分享："征文获得二等奖，非常快乐！"感觉自己就像回到小时候，得了一张奖状，回家的第一件事情，就是告诉父母这个好消息。

儿子在浏览我的日志时，发现我将得奖的事情，也写进心情日志里。不解地问："不会吧，老妈，你连这个事情也写出来？是不是有骄傲的嫌疑啊！"我笑着对儿子说："我是为自己感到骄傲啊！写下好心情，与自己分享快乐，不好吗？"儿子听了我的话，再没有说什么，他认可了我的观点。

一部电影中，主人公一直被一段难以启齿的往事压抑着。后来，他在大树下挖一个坑，把郁积在心头的忏悔和痛苦，一起倾倒在洞穴里，然后又将泥土填埋好,宛如埋葬了一个逝者。做完这些,他如释重负地离开了。未来的生活还很漫长,此刻,他可以毫无挂碍地迎接新生活了。在书写心情日志时,感觉自己就和电影里的主人公一样,把快乐和不快乐都留在原地了,今后的生活,依旧单纯着。人生,很多东西,是需要留在原来的地方的。成就留在原地,因为它只代表过去;痛苦就地丢下,因为你还有路要走。

每个人,需要一个默默的倾听者,一个真诚的祝福者。需要一个人"快乐着你的快乐,幸福着你的幸福"。他不会鄙视你的得意,也不会漠视你的忧伤。这个最能包容你的人,就是你自己。

快乐的事情,告诉你自己,让你和自己一起分享,幸福会延长、增多。毕竟,快乐是需要不断提醒和发现的。不快乐的事情,向自己诉说,让另一个坚强的你帮你扛着。卸掉心头的石头,漫漫人生路,轻装上阵,你会走得更轻快!

学会分享自己的快乐,你会变得更加快乐!学会分担自己的忧愁,你会因此更坦然!

低处的幸福

情人节那天,一位年近古稀的老人,手拿着一支玻璃纸包装好的玫瑰花,走进公交车。在拥挤的车内,因为那枝玫瑰,老人成了目光的焦点:上上下下的乘客从他身边经过,都不约而同地把目光投向老人和他手里的玫瑰。我也揣度着玫瑰花的用途:花是老人买来的,还是拿来卖的呢?

显然,售票员也很好奇,他回过头来询问坐在身后的老人:"老师傅,您这玫瑰多少钱啊?"老人小心地把花往胸前靠了靠,大概是怕别人挤坏了玫瑰,略带兴奋地说:"本来是十块一朵的,不过,人家八块钱就卖给我了。"老人似乎早就按捺不住内心快乐,急于将这个好消息告诉周围人。售票员又问:"送老伴儿的吧。"老人毫不掩饰地点点头,应了声:"嗯!"我觉得这老人真够浪漫的,他见我笑了,赶忙补充了一句:"她给我做好吃的呢!"

楼下的草地上,一位年轻的爸爸带领着一群五六岁的孩子做着游戏。他用自制吹泡泡机,向空中吹出一个又一个五彩的泡泡。小孩子们追着泡泡,用手中的玩具拍打着。年轻爸爸配合得很默契,一批泡泡还未破尽,他又恰当地吹出另一批。孩子们欢呼着,神情专注地拍打着这些五彩的泡泡,俨然在完成一项庄严的使命。春日的下午,这片草地是热闹的,他与孩子,都是快乐的!

用电脑软件通过综合数据测试年龄,显示我的年龄是三十一岁,比实际年龄小很多。或许是调皮的个性使然,我喜欢活在物外之趣里,所以少有烦忧。这些务虚的数据让我快乐了很久,犹如真的回到青葱少年时。

遇见一位尊长,结识他十多年来,都没见他变模样。向他讨教养颜秘诀,他嘿嘿一笑:"别人都说我是'小农思想',喝稀饭也高兴,吃干饭也高兴,有小酒喝也高兴……"我顿悟他的秘方,所谓养身,其实是养心。

清明节前一天,看到文友珊珊去世的消息,异常震惊。因为距离甚远,时隔四个月,才知噩耗。珊珊非常热情、勤奋,是文友论坛上的活跃分子,她经常为大家播报喜讯,跟帖的热情度极高。不想,年轻的生命就这样悄然逝去,QQ中只留下她灰色的头像。大家在论坛上为她祈福,愿她一路走好。

有人说,天堂里没有疾病。我想,珊珊在那里会少了躯体的痛苦。不过,珊珊活着的时候,始终都是积极向上的。我欣赏她活着的态度。

她只在一篇文章中提及她生病住院,但她旨在向大家倾诉走出医院的轻松和愉悦,字里行间没有半点哀怨。理一理生命的线,珊珊是快乐的。她用文字充实一生,让自己活得精彩。她去世四个月后,居然还有以前的投稿在报纸上刊登,她用别样的方式延长了生命的长度。她是幸福的。

活着,这个话题太大,看似沉重。可以活在当下之趣中,能拿着放大镜去看低处细微的幸福,才是最幸福。

幸福的加减法则

　　学习一篇关于幸福的课文，在做拓展思维的练习时，我们以一个互动活动的形式展开的。我要求学生们都闭上眼睛（这样他们的观点不互相干扰），然后要求感觉生活很幸福的同学举手，经过一分钟左右的思考，陆陆续续有学生举起手来，但加起来的数目，还不足全班的1/3。睁开眼睛的同学，大概是看到我期待的目光，犹豫再三，才将手举起来，或许是赏我的面子吧，毕竟，这一节课我们都在探讨幸福的理念。

　　我找了几个比较活泼开朗的学生，要求他们陈述不幸福的缘由。一个学生说："我妈妈外出打工了，所以我不幸福！"由于当地的经济条件制约，很多家长为了生计，不得不远赴他乡打工谋生。或许，对于一个初中阶段的学生来说，正是需要关爱的时候，母亲不在身边，的确可以成为不幸福的理由。

　　另一个学生说："我没有爸爸，所以感觉不幸福！"小学毕业那一年，癌症夺走他父亲的生命，同时，也掠走了他们所有的财富。为了给他父亲治病，他母亲不惜债台高筑，如今他们的生活也的确非常艰苦。这么稚嫩的肩膀上，就要担起失去亲人的疼痛，这也是难以言对的痛苦。我一直很小心地呵护着他，总担心暴雨会摧折含苞的心灵。

　　接下来的几个同学陈述的理由也相当充分，我果真被他们说服了，也认可了他们的"不幸福"。

　　回到办公室，一个人静下心来仔细思量一番，觉得他们的思想还是存在反驳的空间。譬如说妈妈外出打工的学生，他生活条件相对其他同学来说，是最富裕的，他是一个生长在幸福家庭的孩子。并且，他的父亲也十分称职，经常过来

询问孩子的学习状况。从他的眼神与话语中，我可以感受到，一个父亲对孩子的疼爱与厚望。

那个失去父亲的那位学生，他有一位坚强的母亲，生活的窘迫，并没有改变他母亲的乐观与执着。几次家访，我可以感受到这位母亲的伟大与可贵。拥有这样一位母亲，是其他同学望尘莫及的。除此之外，他还受到社会的广泛救助，他应该是一个幸运的孩子。

其实，幸福只是一种感受。假如我们左手托着的是"失去"，右手拿着的是"拥有"，一般而言，幸福的尺度，是右手上那一部分重量超越左手中的那一部分就可以了。但未必所有的人都会这么想。很多感觉不幸福的人，都是在反复地掂量着左手中失去的那一部分，而忽视了右手中拥有的那一部分。

生活中，大多数人的生存空间、工作条件、家庭背景、生活状况，都相去不远。但人与人之间的幸福尺度却相差甚远。究其根本，感觉不幸福的人，一般都是把目光集中在自己失去的左手上，而忽略了自己丰厚于他人的另一部分。

幸福其实很简单，也就是我们不要单纯地只去看"失去"，幸福的获得需要通过"加加减减"的运算。

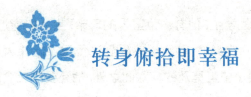

转身俯拾即幸福

夕阳迟暮，颓然退隐；暮霭静殇，仿佛明星谢幕。穹隆玉宇，帷幕悄然落下，靛蓝的夜空越发的深邃幽远。夜色随着晚风，逐渐沉淀下来，酝酿成浓醇的墨河，酽酽如凝脂，却始终不能乘风飞举。城市变得厚重而深刻，仿佛是夜行人的心事，越走脚步越沉重。

华灯次第明亮起来，明星掩映下，道旁的霓虹灯，将大厦修饰得绚烂夺目，光与影汇集成流动的河，空气中弥漫着繁华与时尚。远处霓虹彩灯，飞花流翠；近处灯影幢幢，点缀着不夜之天。白天的喧嚣与纷扰，终于回归为缕缕浪漫的祥和。少了一分焦灼，多了一分温情。

喜欢透过夜色，临窗远眺。城市因为这些华灯，不再寂寞聊赖。小区里林立的楼宇，在灯火阑珊中若隐若现。我总是设想着，每一盏明亮的灯影下，都有温馨的人家，在这寒冷的冬夜里，围着一盏橘红色夜灯，分享着一天的收获与快乐。我留恋窗外的风景，更艳羡青灯里幸福的人家。

对面楼房的一家厨房里，散发着橘黄色的灯光。灯下，一对系着围裙的男女，穿来往去地忙碌着，他们默契地配合着，共同经营着一顿丰裕的晚餐。隔着夜河，扑鼻的油香，撞击着我的嗅觉细胞。这对饮食男女把他们的爱情与幸福落实衣食住行上，让爱回归到最原始的平淡、最质朴的真实中。他们肯定不会想到，有人隔着夜幕，分享着他们的温馨和喜悦。

恰在此时，一双温暖的手，搭在我肩上，身后是可以信赖与依靠的肩膀。回身对他宛然一笑，他也正微笑地注视着我。

就在回身的刹那，我发现身后也是一片温暖而祥和的灯光，原来我也一直被幸福的灯光笼罩着。熟悉的地方不是没有风景，而是近处的风景太容易被人忽视。我们只知道去欣赏别人的风景，却没有意识到自己也装点了别人的梦。

幸福的概念，看似遥远缥缈，其实简单切近。它可以是耕耘之后的收获，也可以是一个简约的生活细节：幸福是你落泪时，有人及时地递给你一张面巾纸；幸福是手中的一颗糖果，随时可以品尝它香甜的味道；幸福是清晨睁开眼睛，阳光依然明媚灿烂；幸福是一句真诚的问候，是一则祝福的短信；幸福是你回家时，无论多晚，都有一盏灯为你守候；幸福是你欣赏外面的夜景时，有人悄悄地站在你身后，陪你一起静默。

幸福不是你失去的痛苦，而是你拥有的财富。学会珍惜，幸福会不断增值；主动降低幸福的门槛，就会有更多意想不到的幸福接踵而至。

灯火阑珊处，蓦然回首时，幸福原来就站在我们的身后，只需回头，俯拾即是。

倾听"大象"的歌声

才搬进新楼房的新鲜与喜悦很快就消退，取而代之的是不适应，甚至是厌倦。

清晨晾晒的被子，傍晚下班回来，发现不仅没晒干，反而晒潮了，楼上的人又把没有甩干的衣服直接晾了出来，根本不顾及楼下已经晾晒的被子。总不能天天找上去兴师问罪。遭遇这样的邻居，只能自认倒霉。

对门的邻居老太太总是那么勤劳，每天凌晨就在卫生间里捶洗拖把，整栋楼都撼动起来，我们的美梦就在这沉重的棒槌声中告一段落。

楼梯道的自动门，总是被猛地一下拉开，经过长长的嘶叫，才"嘭"的一声合上。我常常在午夜被这巨大的声响惊醒。然后捂着被吓得怦怦乱跳的心，久久不能睡去。楼梯道的门，就像是悬在心头的石头，时时担心坠落。长期的失眠困扰着我，惊恐、烦躁接踵而来，我开始神经衰弱，只要一听见有人踏上楼梯道，就神经质般地坐起来，等候接下去的三重奏——"吱—昂—嘭"。仿佛每一个晚归的人都是从我的心坎踏过的，在我的心头留下一串重重的脚印，原本脆弱的心愈加惊厥了。

很多个深夜，独自拥着被子，静静地坐在黑暗之中，竟有说不出的惆怅：作为邻居，我们总是将众人的利益放在首位，而有的人总是旁若无人地生活着，根本不考虑他人的利益。我开始怀念以前的平房生活，那里的人际关系和谐，大家相互关照，日子过得安闲自在。而现在，邻里之间都是对面不相识，彼此的眼里没有对方，更别说心里了。不知道以后的日子该怎么度过，那扇门让我望而生畏。

一天早上，与儿子一起下楼，我轻轻拉开楼梯道门，儿子突然像发现了什么似的，说："妈妈，你听——"他把我轻轻合上的门又拉开了，在拉的过程中，发出长长的嘶鸣，儿子问："妈妈，这像不像大象在叫？"儿子再次拉开门的时候，仔细倾听，果真是一声大象的低吟——"昂……"

后来，只要有人开楼梯道的门，儿子就会侧耳倾听，倾听着大象仰头长鸣。久而久之，被儿子感染了，我也与他一起倾听。儿子把那扇门看作是我们家豢养的大象，把门发出的噪音，看成是大象在唱歌。他每天都快乐于这扇门的噪音中。寒冷的冬夜，出入的人很少，久不听见"大象"的歌声，天真的儿子会问："妈妈，我们家的大象会不会被冻坏了？"

有的时候，我竟也产生这样的错觉：那不是一扇只会发出噪音的门，而是一头真正会唱歌的大象。用心倾听大象唱歌，辨析着它的音调，想象大象快乐的模样。竟将最后那一声刺耳的"嘭"的那声噪音忽略了，耳际只有回旋的"昂……"的乐音，我的心情逐渐平和，不再烦躁，紧绷的心弦逐渐舒缓。曾经悬在心头的那块石头，不知道什么时候已悄悄放下了。

很感谢儿子，他教会我另一种方式生活：假使痛苦不能避免，就应该坦然地

面对；假使痛苦不能克服，就应该快乐地接纳，并把它转化为财富。不要因为别人的过错连累了自己的快乐！

脱 身 琐 碎

周末，还未起床，就盘算好一天的工作计划。计划安排周详，算得上统筹学中最优化方案。

但计划终归是计划，很容易被"变化"打破格局。刚开始就卡了壳，本来预定半个小时在网上淘一件衣服。结果，左看，右看，横向比较，纵向询问，一个上午的时间就打了水漂。答应编辑今天整理好的稿件还没有着落，这本来是安排在上午处理的。午饭的时间快到了，我已经闻到楼下飘来的菜香。儿子一个劲催促，不得不放下手里的活，从书房转战到厨房。

做饭时暗自寻思，如果买衣服不那么挑三拣四，或许就能完成既定计划，都怪自己太多琐碎。

多年前，快毕业的学生们忙里偷闲地写着毕业留言册，很多学生早早向我约定，拍毕业集体照时一定要与我合影留念。如果请摄影师照相，费用必定不薄。为了帮助学生节省开支，我主动提出将家里的照相机带来给他们使用。

谁知道意外发生了，学生在抢着拍摄时，不小心将相机跌落在操场的水泥地上。就在相机掉下来的刹那，本来喧闹的人群，顿时鸦雀无声，好像被一只无形的大手蒙住了嘴巴。那个摔坏相机的学生，吓得脸色惨白。一部三千多元的照相机，当时抵我三个月的工资。学生们也知道它的价值。

在场的学生都吓傻了，所有人的目光都盯着地上的相机，包括我。还是我最先反应过来，拾起相机，相机上面的边框已经开裂了，我使劲把它往下压一压，不见效果。再试着拍摄，画面模糊。那个做错事的学生主动走到我跟前，怯生生地说："老师，我赔！"好几个学生也围拢过来，"老师，我们集体赔！"眼前这些农村中学的孩子，他们哪里有钱来赔偿呢？我定了定神说，我先去修修看吧。

相机修理过的效果依旧不佳，清晰度差远了。学生们再来询问需要赔偿多少钱时，我故作轻松地说：不用了，修好了。也许是工作繁忙，这件事不久就淡忘了。相机是个冷淡物件，派上用场的机会毕竟不多。只是偶然使用时，才想起它的功效远不如昨。那个能让人心疼很久的损失，并没有让我辗转怨悱，更没有成为我与学生心存芥蒂的障碍。

前段时间，朋友们聚会。酒店门前，已经泊了很多车辆，我担心车子被剐，想停在最里面。一不小心，只听"砰"的一声，我的脑袋"嗡"的一下，知道坏事了。下车检查，是车头碰到电线杆，掉了一大块漆。说真的，我宁愿自己的额头被碰破，也不愿意车子挂彩，开车的人都心疼车。按照常规，我应该打电话给保险公司，等他们派人来处理，接下去是烦琐的等待。到那时，不仅是我，在座的朋友兴致都泡汤了。想一想，掉块漆也无大碍。安顿一下情绪，轻松地上了楼。

大多数时间，车是停在楼前的树下，时常蒙上一层灰尘。远远望去那块伤痕也不显眼。我庆幸自己没有小题大做。

其实，不经意中陷入生活琐碎的大有人在。将自己从这些琐碎中解脱出来，不像祥林嫂那样反复咀嚼苦果，不愤世嫉俗，少怨天尤人，不仅可以赢得更多的时间，使身体获得自由；更能让心灵获取解脱，让形体充溢淡定坦然的静气。

 芳　邻

　　假日，没有上班的压力，不用早起，更不用像打仗一样与家务拼杀。可以偷偷懒，晚睡迟起。但生物钟还是按时在晨曦中敲响，醒来却闲散地躺着，也是一种享受。

　　"咕咕——咕——"室外空调机柜上突然传来几声鸟叫，是斑鸠！这对斑鸠，对于我们，已不陌生。可是儿子还是忍不住，蹑手蹑脚地跑到窗前，撩开窗帘一角，想要近距离见证这对芳邻的可人之处。

　　透过窗帘的缝隙，我们看见那只斑鸠正动情地歌唱着爱情，每唱一声，头也会随着歌声有节奏地点一次，我们都沉醉于它的舞蹈与歌声了。但最终还是克制了好奇心，悄然退回，担心又惊扰了它，中断了它忘我的抒情。

　　暑假的一天下午，这对斑鸠就曾落脚在窗外摆放空调的平台上，爱人第一个发现它们，斑鸠的嘴里还衔着草，在平台上走来走去，仿佛在考察这里的落户可行性。我的心都提到嗓门了，赶紧拉着爱人走开，担心它们发现窗户里这么多好奇的眼睛，会改变初衷。真的好希望它们能在平台上垒窝筑巢，毋庸置疑，这对恩爱夫妻是最好的邻居。它们会成为我们生活里最亮丽的一道风景线。

　　可惜的是，它们最终还是没有选择那个平台安家落户。或许是儿子太急于求成，为了博取斑鸠的好感，竟将米撒向它们，结果却让它们失去了安全感。看着鸟儿飞走了，我的心好不失落。

　　小时候，屋前的那株高大的老榆树上，也有一个喜鹊窝。清晨，常常看见喜鹊们跳跃在高高低低的树权间，纵情地放声高歌着——"喳喳喳……"似乎是一场音乐盛会，又仿佛是在议论一件开心的事情。这时候，母亲最高兴，总是笑眯

眯地说："喜鹊喳喳叫,必有喜事到!"这些报喜鸟成了我们最好的邻居,它们的歌声带给我们许多快乐与畅想。究竟有多少喜讯可以成真,似乎并不重要,有好的预言,快乐与幸福就为时不远了。喜鹊丰盈了我们的生活,我们也成为它们的庇护神。偶有顽皮的男孩子,想爬上几丈高的老槐树抓鸟窝,总会被喝止。无论他们窥伺多久,终因不能突破我们的防线,最终不得不放弃了妄想。

无论何时何地,人鸟和谐共居的环境,无疑是最佳的生存空间。我很怀念故乡那棵老榆树,也时常想念老榆树上的喜鹊。

今天,这对斑鸠又飞过窗前,在近旁尽情地歌唱,原来它们不曾飞远。只是寻找了一个更高,更寂静的地方,作为它们的家园。它们成了我们永久性的邻居。

清晨上班时,偶尔也会看见它们在花园中间的草地上觅食,或是互相倾诉着它们的衷肠。看见它们旁若无人的神态,我竟有些感动,感动于它们对人类逐渐信任,并认可了这里的家园。一些不熟悉它们的人,有时会很好奇地凑上去,想分辨它们与鸽子的差别。这时候,我会驻足凝望,看到大家都十分友好地对待这对可爱的鸟儿,才敢放心地离去。

斑鸠不仅会在清晨歌唱,黄昏时分,也可以听见它们在树梢楼宇间,高一声,低一声婉转地唱和着。抬头仰望,虽然找不到它们的踪迹,寻着斑鸠的声韵,祥和与诚信却依稀可见。

小区并不幽深,斑鸠的歌声在绿树的掩映下,格外悦耳动听。闭上眼,谛听这自然的节拍,我竟以为是身处自然的山水之间了。

简 单 最 好

重阳节前夕，一位同事找到我，要我帮他写一封感谢信。原来嘱托人是他的邻居，一位七十多岁的孤寡老人。当地一家大型超市，为了发扬中华民族的优良传统，在节日来临之前，给社区的一些孤寡老人送去了米、油等生活用品。老人非常感动，送礼品的人走后，老人才想起来：连一句"谢谢"都没有说。这个遗憾纠结着老人，觉得不写一封感谢信，实在让他难以释怀。我也觉得这样的好人好事，也值得弘扬。为了能够满足老人的心愿，我找了一位媒体的记者，凭着记者敏锐的嗅觉，他似乎觉得这是一场炒作。事情最终不了了之。老人的心愿没有实现，我的心中从此多了个心结。

在我看来，很多简单的事情，一旦社会化就变得复杂起来了。

教育系统要选拔一批青少年道德标兵。我带的班级，有位女生十分优秀，因为弟弟生病，需要常年做康复治疗，家境因此困顿。无论从情感上，还是从女孩本身的素质上，我觉得她都配做道德标兵。事情进展也如我所愿，她顺利地通过了县级筛选并报送市级参评，为了检验事例的真实性，她的事迹需要在校公示一周。从程序上说，这是无可厚非的，但我们忽略了一些情感上的细节。

一天放学后，我接到雅雅的短信，她请求我把公示撤下来，她宁愿放弃参评道德标兵。原来隔壁班级几个调皮的男生得知雅雅的家里有个脑瘫的弟弟，总是拿这个作为笑料。这伤害了她的自尊，让她无法正常生活和学习，她说她不需要别人的同情。这是我事先没有考虑到的，但这的确伤害了她。窘迫的家境，患脑瘫的弟弟，或许都是她不愿意提及的隐私。

想起以前报纸上刊登的爱心人士捐助贫困学子时，为了大力宣传，宣传部门要求这个学子摆拍爱心捐助的过程，没有人留意那僵直笑容背后的尴尬。我们常在送人玫瑰时，不小心也用花梗上的刺戳伤了对方。

想到这里，我尊重雅雅的想法，没有劝阻她打算放弃评选标兵的决定，还向主管部门提出撤下公示。我不知道，在这一周里，雅雅承受了多少思想压力。也许在别人看来，我的做法太过幼稚。但我认为，凡事简单就好，只要雅雅可以轻松生活，为什么一定要给她幼小的心灵套上那么多繁文缛节的枷锁呢？

放学时，看门的老人摘了一包新鲜的大白菜送给我，还一再强调："没有打过农药，纯天然的。"我欣然接受。以前也有学生送给我白菜，她的理由更简单："我爷爷说，家里白菜吃不掉，送点给老师吃。"同事们都笑了，我笑纳了她的白菜。他们送的理由都很简单，我更不需要引申遐想，去揣度善良背后究竟隐藏着什么企图。

有人说过：心境简单了，就有心思经营生活；生活简单了，就有时间享受人生。最近，电视节目中，记者常常逢人便问："你幸福吗？你觉得什么才是幸福？"倘使我来回答，我觉得简单就是幸福。衣着简单，让人轻松自由；思想简单，使人单纯快乐，没有什么比简单更好的了。

蹭 生 活

第一次去西餐厅，大家都动手了，我却不敢，因为我不知道哪只手拿刀，哪只手拿叉，满桌的餐具，唯有勺子是我熟悉的。好在，坐在我身边的朋友，看出了我的尴尬，为我解围："'秀才做田，锹不如手'，不行就用手拿！都是中国人，想怎么拿就怎么拿！"还特意放下叉子，陪我用勺子。

好不容易对付完西餐，朋友低声提醒我："以后出席陌生场合，不熟悉的，且不忙动手，看别人怎么做，你就怎么做！"仿佛得了真经，醍醐灌顶。

从不避讳我的孤陋寡闻，进餐厅，我不敢点菜，因为我不清楚，那些诗意的菜谱背后，隐藏的是怎样的一道菜。一则笑话中，说一个识字不多的莽汉，进餐厅点菜，看见"**羹"，虽不认识这个"羹"，但发现下面有个"美"字，断定这道菜味道肯定可口。于是，点了十多样羹汤，当服务员把一盆盆汤水端上来时，客人们都傻了眼。我害怕闹这样的笑话，朋友聚会点份餐，我就"照葫芦画瓢"，别人点什么，我就点什么。

其实，我这样"蹭生活"已经不是第一次了。爱人读研究生班时，为了复习参加研究生考试，暑期，我也去他们学院。恰逢大学里为中学外语教师培训，我每天都去"蹭课"。两个班，有一个教口语的外教，为了接触最地道的英语，我成了他的"跟屁虫"。我总是提前去占第一排座位，这样听的效果更好。或许是我专注的神态打动了外教，每次提问，他总喜欢问我，但我毕竟不是科班出身，面对他期待的眼神，我只好红着脸，站起来说："I am sorry！"虽然问题答不上来，毕竟受过真传，外语听力也小有长进。

其实，生活就是这样，不是你"蹭生活"，就是被"生活蹭"。一天晚上，我正在写文章，QQ表情中有个头像不断闪烁。通常，写文字的人无事是不互相打扰的。点开一看，是位熟悉的文友。她说："很苦恼，写不出来！""写不出来就不写了，休息一下！"于是陪着她，有一句，没一句地闲聊。她问："你们巢湖和大海有什么区别？"我说："大海是蔚蓝的，巢湖是白色的！""还有呢？""大海是深沉的，湖泊是浅薄的；大海不轻易发怒，但咆哮起来，惊涛骇浪；湖泊总在絮叨，却又不能排山倒海……大海有男性的阳刚，湖泊有女性的阴柔……"在一问一答中，我挖空心思，把自己对大海、湖泊的不同表述出来。几天后，看见她发表了一篇关于大海的散文，看了看，里面有三分之一是我的思想。没想到，还有"蹭文字"的。

去银行取钱，看见大厅的椅子上坐满了人，心里"拔凉"，不知道要等多久，拿到号，发现前面没几个人，原来大热天，这些人是来"蹭凉"的。不禁释然，生活中，蹭与被蹭，一种是态度，一种是资源，都是借东风！

 听 雨

　　整个上午，我都依窗而坐，读董桥的散文。窗外，小雨淅淅沥沥，俄尔有雨打窗棂"叮咚"清脆的乐音。本来打算和儿子一起去郊外的龟山看油菜花的，可惜了这场春雨，若再等到下周，纵使天晴，恐怕也是"花事了、万事休"了，我们只有眼巴巴地张望着薄薄的雨幕。

　　春雨锁门，踏青的计划暂且搁浅了，好在清明在乡下老家已经看过油菜花了，所以心中并无多大遗憾——花开花落是年年都有的事。寻个闲暇，一个人静静地坐着，读读闲书，倒也清净自在。

　　窗外雨潺潺，天色阴沉，雨意尚浓。偷眼看看露台上那几盆花草，是昨天整理阳台时才搬出去的，经过一个冬季的收藏，花草的生机丝毫未减。春来了，该遣送它们回归自然了。只是昨天忘记了浇灌，这春雨恰到好处，润物无声，省去了我的劳动。雨水是有灵气的，嫩叶甘霖一相逢，也胜却人间无数。这花草经由雨水的点缀，更加玲珑剔透。细雨将叶片上的灰尘冲洗干净，使它们愈加生动可爱。细小的水珠，水晶一样，修饰着嫩绿的叶片，叶子温情得如低头含羞的新娘。

　　中午，陪儿子学吹笛子。老师授课的地方是间平房，儿子在老师的指导下，学着吹奏"打音"。伴着笛声，我继续看董桥的散文，一室之内皆春气。屋外雨声淙淙，从低处听雨，似乎比高楼上，更接近雨声，听得真切，还可以看见雨滴落下的情形。

　　高楼上汇集的雨水，打落在铁皮遮阳板上，豆子似的散落着，鸣金一般，嘈杂得很。这雨声并不诗意，难以听出情味来。近处墙角下，雨点滴在一汪春

水中，"吧嗒"一声就暂且没了有下文，我索性合起书，专心等候下一滴雨水，"吧嗒"又一声，水里溅起一个"小酒窝"，恰似心底荡开的甜甜笑靥。

春色弥丽，雨水洗涤过的绿树，翠色欲滴，树影婆娑，隐约听见树叶在风中说话。窗外的雨好像越下越大了，下水管里已经水流如注。这时，一个小女孩大声地叫喊着："爸爸，爸爸，快拿一只水桶来啊！"应声而出的，是小女孩的爸爸，"拿水桶干什么啊？""快把这些水接起来啊，白白流了多可惜，云南那边多需要水啊！"我想，这是雨中最悦耳的声音。

突然想起前几天经过的那片荒地，一泓浅水中孕育着密密麻麻的小蝌蚪，接连的晴天，太阳蒸腾使水域逐渐缩小，小蝌蚪困顿在有限的生存空间里。自从那天看见它们，摇着尾巴，在拥挤的小坑里已经不能畅游的时候，我就开始担心，它们能否坚持到下一场春雨。这场及时的春雨拯救了这群小生灵，有那么满满一凼的雨水，足够它们从蝌蚪到青蛙的羽化了。

雨声稀疏，如篁如磬。时慢时急，时高时低，时响时沉。有时戛然而止，仿佛断弦之音，感觉这雨声最有听头，雨声断处的空白，宛如国画中的留白，能给人留下无尽的遐想。

雨还在下，间或，窗棂又起"叮咚"之声。静静地聆听着雨，仿佛倾听着自己的心跳！

善待微笑

上班的时候，在公交车上遇到一个人，远远地看着我。我的眼睛近视，不能完全看清她的面部表情，但发现她一直注视着我，担心又是熟人，怕别人说我见到熟识的人也不打招呼，所以赶紧微笑着点了点头，算是问了好。车厢里陆续挤进来很多人，等她靠近时，我才发现，原来认错人了。正当我为自己的冒失感觉不好意思的时候，她走近我，神态自然地与我打了个招呼："你好啊！"好像我们并不陌生，而是经年已久的旧友一般，这让我的尴尬释怀。感觉很庆幸，我的微笑没有被辜负，因为她并没有硬邦邦地回答我："你认错人了！"

想起在宏村旅游时，与我们同行的，还有一位外国人。背着一个硕大的行囊，络腮胡须，透过茶色眼镜片，他深邃的眸子里，闪烁着西方人特有的气质。担心失了礼节，我没有像孩子们一样，好奇地上上下下打量着他。一路上，他都默默地跟随着我们，导游讲解的时候，他一会看看导游，一会看看江南特有的建筑，没有谁留意他听懂没有。在进一家书院参观的时候，我与他，恰好同时走到高高的门槛边，他很绅士地微笑着做了个"女士优先"的动作，他那温醇的笑容，一下子拉近了我们的距离。我也礼尚往来地挥着手与他打了个招呼："Hello！"他见我用英语和他说话，他一下子来了精神，其实，我的口语水平，是一眼看得到底的，这次可以鼓起勇气用英语与他交流，或许是怕辜负了他那善意的微笑。

在半月形的池塘前留影的时候，我礼貌地用英语邀请他一起合影，他欣然答应，并且脱去帽子，以示郑重。可以看出来，他也很愿意与我们交流的。我用生涩的英语与他攀谈，我问他："你可以说汉语吗？"他用手指比画着，用汉语回答我："一点点！"我们都笑了。

记得在湖南农大时，刚好一位外教给外语教师做口语培训，我常常浑水摸鱼，偷偷钻进课堂，为了避免后面人说话干扰，听得更真切些，我一般都是坐在最前排，结果屡屡被外教请出来回答问题。不知道为什么，总感觉张不了口说英语，只好红着脸说："Sorry(对不起)！"外教很无奈地耸耸肩膀，让我坐下。但不知道为什么，这一次，我竟然敢于用这二百五的水平，与这位来自澳大利亚的朋友对话了。或许是他的微笑，让大家彼此心灵相通，微笑无国界，没有人会在微笑面前无动于衷的。

微笑是发自内心的一句最直白、最简洁的世界通用语。无论走到哪里，微笑，就是一张交流的通行证，是一架沟通心灵的桥梁。微笑可以打破僵局，微笑可以化解危机，微笑可以温暖人心，微笑可以树立信心。

浅浅一个微笑，却有着如此的力量。善待微笑，不只是珍视别人的微笑，别忘了在自己的脸上，也多一些微笑！

删 除 好 友

手机出现故障，恢复设置后，原有的通讯录信息丢失很多。恰好一位朋友打来电话，屏幕没有显示姓名，以为是陌生人。劈头就问："哪位？"对方停顿片刻，言语中似有不快："我的号码你没有储存？"原来是旧友，难怪号码如此熟悉。解释了半天，不知道她信了没有？

我是喜欢怀旧的人，对草木皆怀见面之情，更何况是老朋友，怎么会轻易删除好友？

因为工作特殊，上班就是讲话，课堂讲，课下讲，还有别的琐碎工作，都需要用言语表达，嗓子受不了。下班回家，多一句话都懒得说，宁肯多走几步路，或者用个手势表述。最惬意的，就是把自己关在书房里，可以看看别人的文章，写写自己的心情，唯一不想做的，就是说话。偏生QQ里有一两个特别喜欢说话的人，不咸不淡地拉着你唠嗑。我这边开了头的文字乱了思绪，忍不住要发牢骚。儿子见我嘟哝着对方"话多"，建议我"删掉"，主意是好，就是太过薄情，下不了手。

不过，有的人就不像我这样优柔寡断。以前加入一个写作群，但群主样子太多，每次有讲座必须去听，一副恨铁不成钢的架势。她哪里知道我们是有时差的，她那边的晚上十点钟，大约也就是太阳刚落山不久，我们这里就已经是小半夜了。尤其是天寒地冻，谁能忍受得了这个戒规，更何况写作本来就是消遣的事情，何必搞得比上班考勤还要严厉呢？索性就不去了，开始她也就是抱怨几句，我说几句软话，她便原谅了我。不过，最终还是被她踢了出来。一直以为我不会有这样的结局，因为与她私交甚密，又算得上为她立过汗马功劳，不至于这样吧？

从群里被踢出来后，她还不依不饶把我从她的个人号码里也黑掉了。坦白地说，我一点儿不生气，觉得没必要，删除就删除吧，往后再无瓜葛。

在我记忆中，我被对方删除，这是仅有的一次。后来，偶尔遇见另一位文友，问及群主近况，她说，我早就出来了……

假如说当初被她删除，心里没半点儿怨怼，那不是事实。但现在，我心底一片敞亮，被对方莫名删除，非我过失。人若薄情寡义，交往下去，也无裨益。

很多人，或许很多年来，一直只在你的QQ里沉寂着，连头像都没有亮过，也没有与你有任何交流。就让它静静地搁置在那里吧，或许有一天，那个人闲暇时，走进你的空间，你才记起——哦，原来是朋友！电话簿里，那些尘封的号码，会被新保存的号码压到箱底。偶尔想起来老朋友，翻箱倒柜，找出号码，发条问候的短信也未尝不可。

见过有人炫耀他的通讯录，这是某名人，那是某领导，只是淡淡一笑，他已经偏离了生活本来的方向。相比之下，我更喜欢那些写满亲属，朋友，同学，同事，还有故友的通讯录，平淡是平淡了点，却散发着浓浓的生活味。

无论是电话簿,还是QQ,太过功利,生命的意义就所剩无几了。

 # 不 如 跳 舞

　　小区附近的洗耳池休闲公园,环境清馨宜人,四周绿树环合,亭台轩榭错落有致,垂柳翠色与湖水相映。走在曲折回转的栈桥上,沐浴着清凉的晚风,常有误入西湖畔的感觉。黄昏时分,来这里散步消闲的游人穿梭如织。秀丽的风景加上极高的人气,让这里成为一道都市风景线,而风景线上的最亮点,当属公园中心的露天广场了。

　　夜色微澜,一群人的轻歌曼舞使这广场生气倍增。不分年龄大小,也没有尊卑显赫,在这里,每个人的身份都是统一的——快乐的舞者。只要你愿意,随时可以投身其中,跳上一曲。你也不必担心技艺不佳,大家都是来锻炼的,图的是快乐,只要随着音乐动起来,你就是一个舞者。音乐的流波,清泉一样滋润着心绪,跟随着曼妙的舞曲翩跹起舞,感觉自己就像飘浮水面的一瓣馨香。

　　喜欢这份闲适、自在,兴犹未尽的我向爱人提议:"我们每晚都来跳舞?"他的回答让人失望:"现在哪有那么多闲暇?等退休后天天陪你来!"我盼望着退休的那一天,但退休的时候,我们可能不再像这样手挽手来散步,或许羸弱到一个搀扶着另一个,或是坐在轮椅上被颤颤巍巍地推过来。记得一家饭店面前有这样一副对联:"为名忙,为利忙,忙中偷闲,且喝一杯茶去;劳心苦,劳力苦,苦中作乐,再斟两壶酒来。"尽情跳一曲,也应形同于这一壶茶、几两酒,是忙里偷闲的惬意。

　　前几年,一曲《不如跳舞》风靡歌坛,它深得青年朋友喜爱的原因,是源于它向大众传递了一种新的生活的理念:"不如跳舞,让自己觉得舒服,这是每个人的天赋。"不如跳舞，也是一种生活方式。跳舞是件幸福的事情，跳舞的人，在快乐的环境中释放着身体里的能量，耳畔回旋着曼妙的乐曲，搁置心头纷纷扰扰的芜杂，让一日的心情就此初始化，明天又会是崭新的一天。

不如跳舞，还是一种人生态度。从蒸汽机发明开始，车速也越开越快，人人如同赛车手，尽力将自己的马达发动到最高速，沉湎于目标的穷追猛索，忽视生活的本源，这无异于舍本逐末，把自己从生活舞台的主角身份驱逐为周遭的看客。快节奏生活的附属产物相继产生，精神的高度紧张，情绪的持续低迷，社会问题、心理问题接踵而至。与其抑郁着，不如跳舞。央视节目中播放的一位跳街舞的老人，几年前因为身体不太好，老伴也弃她而去，人生两彷徨之际，她选择振作，学会了跳舞，不仅重获健康的体魄，还因此享受了快乐的人生。

在我看来，不如跳舞，更是生活的一种智慧。

会撒谎的镜子

这是两家比邻着的服装专卖店，几乎同时开业，卖的都是时尚的职业女装。从橱窗的模特可以看出，店里销售的服装都是引领新潮的，引得靓女贵妇纷沓而至。

两家专卖店的顾客川流不息，营业员们笑脸相迎，生怕遗漏了任何一个商机。外人的眼里，这两家的生意都异常火爆。经营一段时间后，左边的一家，盈利明显不如右边那家。老板娘十分纳闷，两家的地理位置都是一样的，销售的服装档次也是一样，服装的质量都是一流的，价格也比较适中，相差无几，为什么自己的赢利不能赶超对方呢？

经过多次暗地里仔细的观察，老板娘终于发现一个细节，多数顾客在她的专卖店挑选合适的衣服，但试穿之后，并没有立即购买的意图，到手的商机就此戛然而止。另一家却恰恰相反，很多生意就是在服装试穿的过程中就拍板成交了。老板娘不明白对方用什么诀窍，轻而易举地打动顾客的芳心。她开始埋怨起店员的不努力，没有尽力去游说顾客，致使顾客中途买意尽消。

其实，对方胜出一筹的商业秘密就隐藏在那块并不起眼的试衣镜中。

顾客多数是因为看中橱窗中模特穿着的效果，进来按图索骥的。这时候，营业员不仅要给顾客挑选合适的服装，还要鼓动起顾客的购买欲望。不过，最能说服顾客的，不是营业员，而是服装的穿着效果。对方店面里，摆放着一面玲珑的镜子，黄色的底座，微微倾斜着的长长的椭圆形镜面，无处不散发着高贵与典雅。

顾客试穿后，通过镜子的"处理"，俨然一副模特的效果——纤细、修长。这是一个以瘦为美的社会，"瘦"引领着时代的潮流。女性形体不能展示出的妖娆，就寄希望于服装上了。希望服饰可以遮盖腰间的赘肉，或者掩饰肥硕的大腿。服装不能尽善尽美的时候，"魔镜"起到了更正视觉效果的作用了。

细长的镜子，将体形拉长，视觉上的误差，让女性找到了满足，肥胖的横纹变得纤细。女性的魅力是从照镜子开始的。镜子里的修长的自己，让人有惊艳的感觉。镜子的魔幻作用被误以为是服装的效果。售货员不失时机地夸赞一番，女人的虚荣心得到满足，心甘情愿地掏钱购物，就成为必然了。

效益不太好的这家店面里，一面宽大而厚重的试衣镜，端正地安装在试衣间的门上，它向顾客诚实地倾诉着真实的效果，但这一点，却不大容易为女性接受。既然服装不能起到美化的作用，服装的诱惑也就大打折扣了。

商机无限，一面小小的镜子中，都隐藏着如此巨大的商业秘密。正是因为镜子的作用，致使一家生意红火，而另一家只是表面的繁荣。商家小小伎俩，就让这么多人心甘情愿地掏腰包。

生活中镜子无处不在，人们常常以镜子来检点自己的言行容貌。未必所有的镜子，都很诚实，有时候镜子也会撒谎。

第七辑 / **好心情是自己给的**

好心情是自己给的

　　从凤凰古城到张家界需要几个小时的车程。沿途好风景，我按捺不住内心的激动，在微博上书写心情：一路好风光。很快就有朋友回复，路过好风景，一路好心情。

　　风景是佳，但未必人人都有好心情。

　　第一天去张家界，还没进景区，豆大的雨点劈头盖脸砸下来，虽然带了雨伞，还是抵不住四面袭来的雨水，好在兴致没有被浇灭。

　　上了山，四周一团雨雾，近处山峰好像悬浮在烟波浩渺的大海深处，稍远的景致都迷失在云雾中。拍照就更困难，既要护住相机，还要当心脚下，实难两全。打着雨伞照相，景色被雨伞遮住了，不撑雨伞，雨淋得睁不开眼。相机被雨水打湿，照出的图片蒙了一层烟似的。没办法，天公不作美，有人怕被雨淋湿，匆匆乘缆车下山了。我们游兴不减，六奇阁、摘星台……秀美山色，尽收眼底。

　　导游说，山里就是这样的，说下雨就下雨。既来之则安之，只有顺应天气。为了看到更多的风景，我们全家和为数不多的同伴，步行下山。出乎意料，沿途竟有几处好景点，刚才从高处看得不真切的南天一柱，如今就在眼前。烟雾笼罩，一阵风吹过，杉林幽径揭去盖头，水洗过得清清朗朗。一路下山，回看风景，远近高低各不同，好风景是为有心人准备的。有人抱怨遇到坏天气，其实，张家界的风光是"水光潋滟晴方好，山色空蒙雨亦奇"。平心静气地欣赏，山是美丽依旧在，只是呈现的方式不同而已。

　　第二天去武陵源，又是骄阳似火。因为昨日大雨，滞留很多客人，登天子山时，等电梯的队伍排了好几里地，导游说至少要等三个小时，不如先游十里画廊，于是调转车头。

走到了三姊妹峰，已近晌午。导游打电话咨询天子山的排队情况，回答仍是"还要等很久"。眼下，想登天子峰只有徒步爬山了。听了这个坏消息，队伍就像炸开了锅，有的人责备导游自作主张，早晨就应该坚持等下去，不该改变行程，更何况时已中午，没吃饭谁爬得了山？一行人喋喋不休地抱怨着，回酒店吃饭了。我领着儿子加入了登山的队伍。

没有吃午饭，带的零食也不多，但可以在歇脚的地方买个土家饼充一下"电"。停停走走，两个小时后，再询问迎面而来的游客："还有多远？"那人回身指道："就在前面！"

天子阁赫然出现在眼前，先到的同伴们笑盈盈地等候在那里，宛如红军会师，虽然人数不足一半，但我们还是登上了天子峰，导游也夸我们，坚持到最后的都是精英。凭栏览尽天上景，果然不同凡响，有御笔峰，仙女散花……无限风景在险峰，不登天子山，哪能观赏到旖旎风光？我真为那些没有上山的同伴惋惜，他们与这么美丽的风景擦肩而过了。

时间过得很快，回程中，很多人抱怨，到张家界尽看些不着调的景，天子山也没去，黄石寨就乘缆车上山下山，啥景色都没看到，亏大了！还有人抱怨导游，行程安排得不合理，中午时间安排登山……我觉得他们最亏的，就是花了钱，却换来一肚子的怨气，太不值。

快回到目的地时，导游拿出反馈意见表，请我填写，我给他打满分。一行五十多人，小导游要兼顾大家实在不容易。他很腼腆地说："你不要写得这么好啊，我受之有愧！"我笑了，"满分是给你的表扬，也是对你的鞭策！"他笑了。

旅游玩的是心情，导游是这样说的。多一点儿宽容，多一点儿理解，心境祥和，才能悦纳山川！

好心情是自己给的！

四月啜翠

　　人间四月,是芳和菲的世界,久违的阳光,暖得有点儿妩媚。影子很短,亦步亦趋地不离半步。心情是温暖的,这是阳光之外的。

　　趁着清明小假,举家春游踏青。龟山湿地公园依山临湖,山秀水灵兼而有之,又距市区不远,自然是最佳选择。

　　走近龟山,抬头便见半山高林处,一座仿古建筑依山壁立,摇曳在林木掩映中,细看,是风动影从。匾额黑底金字,上书"啜翠轩",听说匾额是古建筑的眼。而这匾额中"啜"字落笔惊心,也最有嚼头,应是眼中瞳仁吧?窥"啜翠"而知天下秀,周遭碧山翠水,仿佛极品新茶,需小口饮啜,方能品味出其中神韵。

　　春日登高,心比风筝,有乘风飘举的轻盈。眺望湖面,对岸青山叠嶂,是环绕湖堤的绿屏。立于山巅,如蹈神龟背脊,湖水微澜,恍惚间身随涟漪蠢蠢欲动了,这座千年龟山也恰在漂移。

　　四月的田野是幅暖色调的彩锦,春风真是大手笔的画家,随意挥毫点染,于是,山绿了,花红了,天蓝了,湖翠了……

　　小草萌发,浅浅细细的绿针,仿佛是山的刺青。山花野性十足,棠梨花白春似雪,花开得尽兴时,一株棠梨染白了半亩山坳。蓝莹莹的小野花,簇拥成团,把草地绣成花毯,让你不忍心从上面踩过。

　　儿子采来一朵黄色的蒲公英,插在我发间。《本草新编》中提及蒲公英:"至贱而有大功"。原来这花地位卑微,但对一个小小男子汉来说,凡花皆是美,我欣然接受他的馈赠。据《纲目》记载,蒲公英又名黄花地丁。查阅资料时,无意中发现杨花也解释为"黄花地丁",心中疑窦顿生,莫不是蒲公英就是杨花?但《辞源》

中"杨花"解释为柳絮。为了得到更为准确的答案,我查找了很多资料,终不可得。倒是柳絮与蒲公英也有几分相似,飞絮淡淡似花也非花,终究都是漂泊命。

前些日子拍了几张风景照,画面都是大篇幅的绿:嫩绿的竹叶,鹅黄的青草,明亮的绿叶。朋友感叹:再好的季节,再好的风景,都离不开绿叶。这句话推翻了人们的成见,绿叶不仅配做衬托,也能成主宰。绝胜景致,也是这"绿"字做了大文章。

远望龟山,山形如龟探头,欲饮湖光,啜山色。面向大湖,春暖花开。凭栏啜翠轩,浩瀚的巢湖就是一方半透明的青白软玉,色泽温润,水头更是没的说了。湖边湿地芦芽短,雀舌般的芦芽从枯黄的宿根边滋生,新绿剑一样照眼欲明。几株古柳枝条如烟,它们最清楚风吹来的方向。

湖心水深浪浅,仿佛锦鳞游泳,浪里白鲦凌波起舞。岸边风无遮拦地卷起湖水,狠狠地砸向堤埂,湖水碎了,是晶莹剔透的浪花。是水乘了风势,还是风成就了水花?我开始怀疑风的初衷。

一群白鹭从天际飞来,在浅滩盘旋飞翔。天与湖的距离,因为它们变得切近。最自由的形式,莫过于飞翔,可以跨过千山,越过万水,心是飞翔的高度。我喜欢那些长着翅膀的生灵,它们都是天使。

归途中,我的心中是一湖春水。

秋风吹过的村庄

　　深秋，入夜格外凉。劳碌了一天的母亲早早去睡了，我抱着枕头，跑去与她抵足而眠。都说就算一百岁的孩子，在父母面前仍然只是孩子，今晚，我的角色是孩子。和母亲从村东头的李家，聊到村西头的吴家，话不知聊到哪里就打住了，我入了梦乡。

　　半夜里忽然醒来，屋外的风一阵比一阵紧，还夹杂着雨点儿。惦记起阳台上堆放着要晾晒的棉花，遽然急呼："下雨喽！"

　　"是刮风！"母亲是醒着的。

　　"不会吧，好像有雨点儿落在瓦上？"

　　"是风吹着屋后的柿子树，枝杈扫着屋顶的声响。"母亲应着。分明是雨点轻叩屋瓦，怎么会没有雨？不放心，索性到天井里看个究竟。伸手，真的不见雨点，果然是风。从天井望天，天阔得看不到边，但不见星星，月亮也不知飘到哪里去了。不过，屋外是亮堂堂的。

　　钻进被子里，暖，自外而内的。母亲抱着我的脚，嗔怪道：这么凉！我怕冰了母亲，把脚缩了缩，硬是被她又拽了过去。母亲像这样给我焐脚不是一次两次了。上学时，晚上熬夜，母亲怕我睡不热，就搬过来与我同睡。母亲是用身子把被子焐暖的，她还用毛衣把我冰凉的脚一裹，顺势抱在怀里。

　　很奇怪，母亲不用看就知道不是雨声，而是秋风！是的，母亲在这个家住了五十年，闭着眼睛也能轻松地找到她存放的一针一线。五十年的暑去寒来，哪一个节气里没有凝结过母亲的心血？我不懂时节，是因为我只会用眼睛看世界，母亲是用心看周遭的。

又一阵秋风吹过村庄，柿子树的叶子被吹黄了，又吹落了。柿子越发地红亮，灯笼似的高高地挂着。树顶上的柿子，被鸟雀啄破了头。这些精灵鬼，他们知道树顶上的柿子没人有本事摘下来，就早早地享用天赐的美餐。小时候，偷柿子时专挑鸟雀啄过的，鸟儿比人还要精明，它们能嗅出熟柿子的味儿。

院子里的橘树依旧是碧绿的一团，今年是大年，橘子挂满了枝。父亲要我采摘点，我说城里买橘子很方便，父亲有他的看法，"哪有自己家种的好？"还是摘了一大袋子放进车里。

秋风萧瑟天气凉，草木摇落露为霜。冷飕飕的，秋风像长了眼，总能瞅得空往衣服里面钻。翻翻日历，已是霜降，田里的草木都要御寒了，不再生长。

吹枯了山坡的秋草，吹白了田里的棉桃，也吹老了这个村庄。每次回家，母亲都会隔三岔五地提起，村里哪个又"老了"。"老了"，是避讳的说法，就是去世了。王沼边的坟头又多了一座。

回来时，邻居三子的车子停在村口，我只好把车开到后门。刚坐定，母亲急不可待地告诉我："我们把门口的大榆树卖掉了，三百块！"老早就有树贩子盯上这棵大榆树了，父亲硬是没卖："养了五十年的树，就跟家里的人一样亲，不能为了几百块钱就打发了。"

"这次你们怎么下得了决心？"我问母亲。

"要修环村公路了，我和你爸爸商量，还是见谅点儿，自己砍掉树，别等着人家找上门来！"

门前的路的确狭窄了。几十年来，村里人肩挑背扛，从这条路上走过，路是阔绰的。现在要走的是车子，四个轮子的家伙霸道，路不拓宽不行了。显然，老榆树成了拦路石。父亲向来很明智，他做的决断，肯定错不了。

又一阵秋风吹过村庄，我不想问风吹来的方向。

潜川,潜川

人是土地里长出的行走着的庄稼,民风是土地标签。

——题记

《说文解字》中,"潜"有一种含义就是"藏"。不知道潜川大地里,究竟藏着哪些稀世珍宝?

一

土地和她的子民的性格是相像的,如同母亲和孩子,眉宇间总有几分神似。

一方水土养一方人,古话没有错。土地厚重,人风也干净质朴。庐江的朋友是豪情的,与他们近同手足,我喜欢他们的真。

潜川好客。朋友安排我们游览冶父山,进山前,仁兄前锋一再交代,冶父山的签很灵验,务必求签,为孩子求功名签,求家宅平安签,再求个婚姻签。仁兄仔细叮嘱,形同父兄。我本不信签,但我能听出他话语的中肯,欣然接受这份祝福,于是一一应下。

拾级而上,穿行于绿树翠竹之中,山涧时有悬泉遗迹,秋旱无雨溪水早已断流,从斑驳的痕迹上,能想象出它饱满时的奔放。

山林幽深处,杉树林立。抬头仰望,蓝天白云在树梢只见依稀。山岚如黛,隐约了山中寺院。

我和儿子打头阵,一股劲往上爬。余下的人边走边聊,路越走越长,话也越叙越深。倘使跟随他们身后，就可以拾掇起一串串欢声笑语。许是季节的缘故，秋季的太阳温和多了，不时有山风袭来，凉丝丝的。我们像一把勤勉的木梭，在"之"字形的山道上穿梭。

远望山势平平，拐了几个弯，仍不见主峰，才知道山原来这么有城府。儿子走不动了，牵扯着我的衣襟，央求多休息一会儿。

盘旋的山道上，两位身背大行囊的驴友，"噔噔噔"地下得山来。向他们打听："到山顶不远了吧？""远着呢，你们才走了一小半……"这句话就是一把锥子，把我们的劲头戳破了，皮球一样瘫软下来。

似乎看出我们的失望，跟在后面的人转身给我们打气，"山上风景很不错的，尤其是肉身菩萨，值得一看，不去可惜！"好东西是需要与人分享的，他竭力向我们推荐着。

青石台阶窄得只容下一人往来，山门也没有想象的恢宏。山寒寺敝，香火倒旺得很。是天佑还是人佑？或许二者兼而有之。

通常肉身菩萨都是五心向上的，但妙山禅师却似在低头闭目沉思，与罗丹的思想者有几分神似。不知道他跏趺坐缸后，如何能在黑乎乎的地下，四年独善其身？或许他早已把心事掏空，空则生慧，慧又生莲花。这副不朽身靠的是地上修，地下炼。禅院清浅，肉身和尚却是接二连三产生，这奇迹是慧根所致，也是"场"的缘故吧？

何为"场"？小酒厂通常与名酒厂比邻，听说能得益于大厂四周空气中弥漫的发酵酶。这就是场，我的理解就是氛围。正如不善饮酒的我，与潜川的朋友聚会，也能痛快地仰起脖子一饮而尽，醉一回又何妨？

场，是一种抗拒不了的魔力。

二

一棵树的生长离不开土地，泥土里有水分和养料；也缺不了风，只是我至今没有琢磨透，风里到底包含了几多玄机，但风的魔力是断不可小视的。我可以从古人敬畏的"风水"一词中窥破端倪。风，水，都与生命有关。

山得了风，自然成了趣。水有了风呐喊助威，就跳跃翻腾成花，白色的，风大浪就急。花朵也少不了风，有了风为媒，传花授粉花才可以孕育成果实。

裙袂藏风的女人，轻盈婀娜，风姿绰约。善于以风装点，女人刚能以风情胜出。优秀的男人有着山一样脊梁，风是雄性勃发的诱因。我觉得，男人有风骨才配称得上"汉子"。风就像是助产师，总是在推波助澜。风行久了，就会约定成俗。

有人留下躯体，让人顶礼朝圣；有人留下英名，使人千古景仰；有人只传下姓氏，让你我有无尽的猜想。她是谁？对，是小乔。史册中零星的记载，更丰富了人们的想象。我知道她倾城倾国。

电影《赤壁》，把曹操这个北方汉子从斗士改写成情种，赤壁那一战就是为了谋得美人归。是不是曹操在月明星稀夜，望乌鹊南飞，割舍不下"美人兮天一方"？已无从考证。或许，那是中原的一场特洛伊，战事的起因就是那个和海沦一样的绝色佳人。故事虽有点牵强，但胭脂井里的水的确是赤红的。是那夜的赤壁战火，烧红了井水？还是泣血小乔留下的相思泪滴？

想到这里，我又有些愤愤不平了，为周郎，也为小乔。上苍嫉贤妒能，周郎去得太早了。

有位笑容如林青霞的作家说，这世上，只有两个男子是她心仪倾慕的，古有大都督周瑜，今有大将军孙立人。没有到过潜川，很难参透这重隔世的爱恋。青冢有幸埋忠骨，站在胭脂井旁，借一把时空的穿越力，就可以一睹周郎的骁勇。雄姿英发，羽扇纶巾的周公瑾谈笑间樯橹灰飞烟灭，惹得后人赤壁一赋又一赋。

低檐平舍，依稀可见昔日的繁盛，但远不及将军的叱咤威名。一张一张的景仰粘贴在墙壁上供人观瞻，流连在这些黑白照片前，我被主人的儒雅打动。旧时的照片是黑白的，如同这日子，黑夜，白昼，时光就是这样黑白更迭的。

庭院里的木瓜树，有些年头了，百年古树却不见沧桑。或许这就是树与人的区别。

十年树木，百年树人。若干年前，旧宅院被改造成教书育人的学校，多年过后，学校又报反哺之恩，重修将军故里。立人，树人，我反复咀嚼着，是巧合？其实不意外，是世风。

是自然的风和民风交错写成的流行体。

三

一两土二两油，肥沃，饱满的黑土地是大自然馈赠的宝藏。一池活水养一塘鱼，什么样的土壤种什么庄稼。可以说，作物是土地又一张脸面，它是土地精、气、神的凝结。

浅啜，清香，洗心润肺的清爽。就算是黄土地，沙土地，都可以有茶叶的供奉，但叶子与叶子还是有差别的。

看似寻常的叶子，却让人痴迷得上了瘾。不奇怪，初春的新毫是有天赋的，这是土地的恩赐。土地枯涩，长出的庄稼就瘦弱。肥美的土壤像体格健壮的妇人，能够产下硕壮的婴孩。潜川？是不是泥土里隐逸着一条地下河，这块土地才显得如此滋润？

土地上的植被，纵使一片绿叶，都略带些甘甜，这是土地的味道，我想抓一把土舔尝一下，看看是不是甜的？又觉得多余，地下的水已经是甜的了，还需要别的佐证吗？想起那句话：橘生南为橘，生于北就为枳，又是水土。

我开始敬畏这片热土地了。

魅 力 湘 西

　　湘西，人间胜境，美得让人走不动路，未入仙界心已倾。

　　接待我们的地导是土家人，他的普通话极不标准，h与f、d与t读音不分，声调也难辨别，听他说话，似乎没有去声，多数声调都集中在阳声上，讲解多抑扬少顿挫，倒也有趣。索性请他用土家话解说，发现土家话与徽州方言竟有几分相似之处。

　　早就听说湘西有很多稀奇事，如今有幸遇到土家人，想探得究竟，于是，与导游一路攀谈。

　　土家族风俗很多，譬如哭嫁，别的地方虽有，但也只是女子出嫁当天才哭，远不及土家人哭得轰轰烈烈。土家女子出嫁前一个月就要哭，哭一个月，谁受得了？不过，也不必担心，这里的哭嫁是有讲究的，待嫁女子，约来同村要好的十来个姐妹，你一句我一句，倾诉对亲人的不舍，诉说对父母的感激。长歌当哭，悲而不伤，别具风情，是湘西特有的民俗画卷。

　　湘西三蛊中的"湘西赶尸"从书中早有所闻，觉得太过神奇，又有些恐怖，连地导也难说出其中玄机。

　　谈及"辰州符"，导游又是一番神情，可以看出他对"辰州符"的敬重。原来他生于大山之中，以前交通不便，倘使有人头疼脑热，不能及时去山外就医，当地人就选择向巫医请符。把符化成水喝下，可以达到治病救人的效果。导游说他小时候也喝过符水，难怪他对"辰州符"有特殊的感情。我觉得巫医画的符上是不是沾了草药，治病的根源在草药而不在符，我的观点被导游断然否决，他还向我介绍符的其他用途。

他爷爷以采药为生，进山采药前，为了防止毒蛇猛兽的攻击，通常要用符"封山"，也就是贴一道符，镇住山中毒蛇猛兽，以免伤人。采好草药出山时，要揭掉符，让山中的毒物恢复常态，这就是"开山"。导游还说，他曾亲眼见过一个人被毒蛇咬了，巫师用符招来咬伤人的那条蛇。

年少时，家里人要求他学习画符的本领，学了几日，觉得那似画非画，似字非字的符太过繁杂，还要忍受饮食上的禁忌，譬如不能吃狗肉等，他终究受不了这个戒。后来，他出了大山，进城读书，渐渐地远离了这些乡俗。

"符"在湘西很常见，上山采药要用符，种稻子种菜也要用符确保种子不烂，出苗粗壮，虫鸟不侵，五谷丰登；兴修桥梁贴"符"，能确保过往行人安全；狩猎场地贴符，能确保野兽不乱跑，满载而归。我们当地过年时，除了贴对联，也会在鸡笼猪圈上贴上"六畜兴旺"横幅，还喜欢在门楣上贴一个大大的"福"字。"符"与"福"读音相同，也都有祝福之意，不知其中有几分相通之处？

放蛊是湘西第三蛊，是苗家女子用来解决情仇之痛的，放蛊于负心男子，使其致病或受控于女子。影视剧中苗家女子多为投毒高手。

汽车从凤凰到张家界的途中，途经古丈县的一家茶场，导游让大家下车稍作休息。早有苗家妹子恭候，请大家进去喝杯茶。茶过三蛊，苗家妹子给大家介绍各类保健茶。不约而同，上车时发现同伴们都大包小包拎着各种茶叶，有绿茶、绞股蓝茶，还有红茶、黑茶，沿途这样大规模的采购还是头一遭。不知道是想为宋祖英故乡作贡献，还是刚才喝茶时中了苗家妹子的蛊？

湘西，神奇得有点儿诡谲，牵扯着衣袂，让我欲罢不能！

老　街

　　清明不飘雨，就谱不出断魂的韵。再次去巢湖北面的炯炀老街，是四月的周末，市作协组织了一次"春涌巢湖"作家采风活动。细雨在空打着结，雾气阴霾，使古朴小镇又蒙上一层厚重。

　　走在幽深又寂寥的小巷，抚摩着断垣残壁，思绪如翻转的罗盘，竭力从这物化了的历史中，探测出曾经的繁华。

　　举头凝望着高高的风火墙，去年的杂草应和着今年的春风，风姿绰约却有离魂意。东风破了春晓，怎可以淡了这草色？白色的粉墙上，斑斑驳驳的锈，验证了另类的久远。岁月风霜如同不曾凝干的笔，将老街刻画成一副质朴厚重的江淮水墨。

　　迎来送往的酒楼"乐陶轩"，因为去年的一场大雪，颓圮凋落，成为一座危楼。几根竹竿搭建的脚手架，匡扶着昨日的昌盛，将就着支撑起游丝般的记忆。依稀记得，张治中将军第一次回老家时，就是在这里置办了5桌酒席，宴请家乡父老。酒楼的单薄，承载不了如许的笑语亲情，猜拳行令声撞破了那酒楼，又迸溅到地下，如同钢珠落玉盘，依稀听见那旋绕的应声。

　　酒楼的对面，就是目前安徽省保存最为完好的、最具文物价值的李鸿章当铺。可惜来得不巧，一把铁锁，锁住了几代春秋，也锁住了当铺盛世的光辉，我们的视线就此搁浅。推开门缝，踮着脚尖，朝里面张望，意欲从狭窄的门洞里，拾掇起些许昔日的浮华。

　　青葱梧桐从破落的宅院中探出头来，一只乌鸦静默在梢头，冷峻凛然。随即又"呀——"的一声，瞬间飞起，又落在更高处裸露的椽上。这个守卫着废墟的精灵，或许是先世的魂灵辗转千年的轮回。它的前生今世，都割舍不下老街的情愫。

庭院深深，深深庭院，不知曾经演绎过多少儿女情长。或许，恰好有个状元郎，打马路过绣楼下，又正巧将阁楼上抛下的绣球，抱了个满怀。于是又多了一段纷纷扰扰的青红。回身再望小楼，骨子里期盼着有娇人推窗一笑生百媚。

小巷曲折又幽深，想起一句诗"曲径通幽处，禅房花木深"。佛学中的"通幽"是"通"与"不通"的意思。在这寻常巷陌中，我们几度品尝了"通"与"幽"的交替。小巷尽头的小河，静卧着几世风雨，岁月随着是河水，源远流长。

迎面款步走来一位老人，牵着他的孙子。老街与老人一样，有着惊人的雷同——满脸的沧桑。这一老一小都好奇地打量着我们这些外来客。举起照相机对准他们，想捕捉古镇小巷内的灵性。可小男孩却固执地躲到老人的身后，说什么也不给拍照。老街的幽深，也园宥了土著于此的居民。老人老了，离不开祖宅；孩子还小，也走不出老街。

老街小巷，羽化如斯，却又在记忆中渐行渐远，轻叩颓垣青砖，听它诉说内心的彷徨——何日再兴起？

倒是倒了，断也断了，但倒了的高墙，断了的残壁，却依旧是风中的飞絮，一丝一缕，穿缀着记忆的碎金。往日林立的店铺，云集的商贾，热闹的酒店茶楼，即便就是一块断砖，半片瓦砾，也执着地散发着历史的陈香。

历史可以陈旧，却不可以遗漏，将一片疏叶，刻镂成句章，别在心间。即便躯体归为尘土，但记忆是不可以老去的。如同那高高挑起的椽舫，少了掩体的墙，却依旧挺着不屈的脊梁。

走过这小巷，心中的哀怨渐次郁结。单调的步音，在深青色的石板上，写着高高低低的调儿，青石板汇成了奇妙的乐章。不能知晓，曾经多少脚步，经由这里丈量，只留下青石泛着幽幽的靛蓝。小巷的尽头，有脚步"滴滴答答"的回响。此刻，我就是小巷中结着愁怨的女郎。

离开老街时，天空中又稀稀落落地飘洒着几滴清明雨，尘土尚不能掖去，只是拂过了我们的心坎，将老街的记忆，夯实、抚平。

# 徽州俏姻缘

为了见证徽乡的风土人情，我主动要求加盟外甥的迎亲队伍。出发前，先生突然通知我："你不能去迎亲了，只能去十三个人！"失望又奇怪，追问他："十三不是单数吗？""我们这里作兴十三个，加上女方三个人，就是双数了！"先生解释说，"九子十三孙，寓意多子多孙、多福多寿，'十三'图的是吉利。"想亲历当地婚俗，几乎不可能了，不免有些失落。好在先生看在眼里，几经协商，为我争取了名额，并且是个"闲差"。

车队浩浩荡荡，走村过庄，半小时后，到达新娘家。迎亲的人，今天是贵宾。无论在男方还是在女方，都会受到最高礼遇。不承想，此时新娘家却是大门紧闭，媒人带着新郎，一边往门缝里塞着红纸包，一边唱歌似的，与屋里人讨价还价。红纸包塞了一大沓，终于打动了娘家人，开门纳客。

上茶时，一位当地的中年女子，用筷子夹着浸泡过的茶叶，逐一放进茶杯里，再行冲泡。有些奇怪，当地盛产茶叶，难道喝茶另有讲究？妇人递茶时，一再强调："喝一杯清茶！"经人点拨，我才明白，茶叶经过水煮，泡出的茶是清的，代表姑娘出嫁时是"清清白白"身！简单的一道茶水，也赋予它特殊的含义，真是太有想象力了。

吃茶点时，娘家人又为难起媒人。双方你一句，我一句，用当地的土话，争论不休，最后还是媒人让了步。悄声询问身边的小伴娘："他们在争什么啊？"小女孩笑眯眯地回答："新娘家嫌红烛小了，要一斤重的，我们带来的每支只有半斤重！"半个小时后，男方派人补送蜡烛，还是半斤一支的。原来，街市上买到的最大的蜡烛也只是半斤一支，新娘家只好让步。我倒是不解，明明是件欢喜

事，何必为了区区蜡烛，来折腾大家呢？

　　吃过糖果点心，娘家人就给迎亲的人端上来莲子、板栗和红枣做的甜汤。递上甜汤时，众人赶忙道贺："喜庆生子（莲子），早早（枣枣）得力（栗）"。一碗甜汤，也满载着美好的祝福，还巧用了谐音，不禁敬畏起徽文化深厚的底蕴。

　　蜡烛终于点完，新娘可以出门了。母亲的眼泪一把接一把：女儿在家是孩子，出门就是大人，做娘的怎能不心疼？新娘见母亲流泪，也难过得舍不得离去。我突然领悟，新娘家要求点最大的蜡烛，原来是想多挽留女儿一会儿。在众人劝说下，母亲抹着眼泪，挥了挥手，示意女儿出门。哥哥搀扶着新娘，在门槛上换了男方送来的红色新鞋。此时的新娘，穿戴全是婆家的衣物了。新娘的哥哥将她交给新郎，伴娘赶紧为新娘撑开一把红伞。

　　嫁妆的交接仪式，也是在大门槛上进行的。又一个习俗难倒了我们：迎亲的人，每人只准拿一件嫁妆，又不准走回头路。我们人少，一次拿不走全部嫁妆。大家争抢着，力争多带一件。还有不少嫁妆没拿来，媒人叫新郎："你赶紧雇请新娘家人帮你拿吧！"于是，一声吆喝，一群娘家的年轻人，七手八脚地把余下的嫁妆都拿来了，新郎也给他们分发了红包。

　　先生怕我误解这些人，为我解释习俗蕴含的意思："我们这里叫'争发'，争争吵吵，越争越发财！"

　　徽乡婚俗，成就一段段俏姻缘！

烟雨江南秋色里

十月国庆,秋不深,也不浅。江南,真是个温情的地方,秋雨也下出了春意,朦朦胧胧,如烟似梦。

青山浸润在微雨里,越发清秀峭拔。满山柔曼的秀竹,饱蘸秋雨,似有羞涩,微微顿首,竹梢一堆叠一堆,翠色欲滴。有的山坡,高节竹细如拇指;有的山林,楠竹粗壮如树。沿途皆是,翠竹林立道旁,雨水打湿了竹叶,湿漉漉的,秀顾水灵,静女一般。东坡说:"可使食无肉,不可居无竹。"江南的乡亲,祖祖辈辈依山傍竹而居,是何等优雅清闲?

想起去年在黟县看到电影《卧虎藏龙》中,竹海打斗镜头的拍摄地。影片中白衣武士,白鹤似的,栖息、飞转于竹树梢头。可惜,今天有雨,否则,随处也可见白鹭竹林腾空的景象。

途经青龙湾,一座牌坊似的标志建筑,引得游人纷纷泊车于此,我们也停车小作休憩。四面环山,山涧围成一湾湖堤,山溪注成水泊。潭深水碧,往来垂钓之人,络绎不绝。水清鱼肥,吃法也独特,"一鱼三吃",宣传标语这样招揽着游客。但逗留下来的,未必是因为鱼味的鲜美。秋水涨秋池,可能不是垂钓的好时节,只是醉翁之意不在鱼,在乎山水之间! 古有独钓寒江雪的雅趣,我想,这些雨中的钓叟,也是在垂钓满湖的秋色吧。

雨天路上少闲人,车行速度很快。雨是横着下的,在车窗上掸下一连串匀和的虚线,窗外风景也变得虚无。怅惘之际,车钻进幽深的隧道,除了车灯,周围一团昏暗。山走得越深,隧道钻得越勤,一条接一条。我们穿过一座又一座的山峦,向青山更青处进发。脚下的路,宛如一条蜿蜒曲折的河流,径自流向深山远谷。车行碧山间，人若游画里。

抬头望去，远处，近处，满眼是山，峰峦叠嶂。远峰被云雾轻描淡抹，雨迷近景，雾失山峦，山，越发高不可测了。江南的山，好像没有季节之分，永远都是苍翠的。

山势回环，道路盘旋曲折，倘使不看导航仪，根本不知道路伸向哪里。峰回路转处，山外依旧是山，看不尽的秋光山色。

车突然停住了，打开车窗望去，前方是长龙一样是车队。一打听，才知道，前面的山体又滑坡了，阻塞了交通，工程车正在抢修。这里前不着村，后不着店，假如滞留于此，想喝一口热茶都有困难。我们在焦急中等待着，不多时，前面的车居然缓慢移动了。挖掘机挖开一条应急通道，车子一字排开，缓缓穿过。悬着的心放下了。

终于走出群山，遇见一座集镇，竟然叫"鸿门"，不知道此鸿门是否就是刘邦奔赴的"鸿门"？好在，我们只是路过，别无惊险。青山嵯峨，古镇庄凝，忍不住掏出相机，将秀色美景，囊入其中。

路边溪流低浅，河床上的鹅卵石圆滚光滑，大的如枕，小的似拳。依山傍水，水随山转，苍山叠翠，碧溪欢流。

一座村落的影墙上写着——湄川村，不觉惊叹起徽州丰富的文化底蕴。湄，意为"在水滨"；川，河流之意。湄川，顾名便可思其意。江南的山川是紧相连的，地名也基本与水有缘，"屯溪，临川、深渡，三潭……"山的挺拔，水的轻灵，把江南点缀得格外风雅。

江南，真是个风水宝地！

又 见 炊 烟

又见炊烟时，暮色已笼罩大地。汽车刚跨入黄山地界，先生就激动地喃喃自语道："到家了！"汽车在崎岖的山路间蜿蜒盘旋，青山浸润在暮霭里，格外古朴庄凝。一群群倦鸟相与飞回山林，无论白天飞到哪里，它们都不会迷失家的方向。

山坳里，几户白墙青瓦的人家，屋顶上都升起袅袅炊烟，透过薄薄的轻烟，我闻见晚餐的芳香。淡色的炊烟升腾着，弥散着，缭绕成村外的乡愁，涂抹不掉。山岚蒸腾，与炊烟交融，远山更加迷离。寻烟识村落，炊烟，就是人烟。

喜欢炊烟，也喜欢在灶膛下烧火。靠山吃山，靠水吃水，这句话不错的。江南家家户户的房前屋后，都整整齐齐地堆积着一垛剁劈好的柴火。在灶下烧火，就是将干柴一根接一根地塞进锅洞，这项工作本身不具有诗意。但观看柴火的燃烧，却是曼妙有诗意的。干柴烈火，伴随着"噼里啪啦"的爆裂声，艳红的火焰舔食着黑漆漆的锅底，热浪从灶口一股股送出来。灶台上，热气从锅盖四周冒出来，锅里的火腿炖干笋，散发着竹子的清香。

厨房里热气腾腾，暖暖的。我知道炊烟又在屋顶升起了。一捆捆的柴火，搬进来时，十分沉重。经过火焰的煅烧，树木的肢体与灵魂分开。这是灵与肉的剥离，灵魂化作青烟，从烟囱里逃遁，飞向遥远的天际，不知所终。躯体逐渐枯化成一刜青灰，绵薄、虚无、没有生机。灰烬轻盈如蝶，与炊烟同为月白色，轻薄得几乎没有了重量。或许，重量都随灵魂升入天际。失去灵魂的机体，是无重量可言的。

主人不断催促我不要在灶下烧火，以免弄脏了衣服，还沾上烟火气。我却是喜欢青烟味道，那不是烟灰味，是灵魂的味道，也是安身立命的滋味。

参加晚辈的婚礼，新娘回门那天，娘家人提着两只崭新的火笼，送给新娘。不知所指，询问当地人，原来，当地寒气重，火笼不可或缺的。并且，火笼还代表送来人间烟火，有家的感觉。引烟火作种，青年夫妻就要过柴米油盐的烟火日子了。

喜宴持续三天，远亲近朋，都赶来道贺。先生见到了许多阔别二十多年的亲友，他忙着倒茶递烟，与他们一起共忆往事，不时爆发出一阵阵欢笑声。正说着话，身后走来一位穿白衬衫的青年，拍着他的肩膀，笑着问他："你还认识我吗？"先生迟疑了，他果真没有认出这个年轻人。旁边有人赶紧提示："大姨家的……"一语提醒，先生拍着脑门，大悟道："是小兵，对吧？都长这么大了！""这么多年没见了，还不长大？"小兵反问道。又是一堂欢笑。

坐在屋里，对面青山只在一箭之处，真正品尝了开门见山的感觉。堂前挂着一副对联："江流天地外，山色有无中！"出门环顾，四野炊烟袅袅，淡淡的，空灵的宛如思乡的轻愁。

第八辑 / **留一段风景作向往**

没有天赋的天赋

她是一位全国知名大公司的明星业务员，说到她，公司上下无人不知，各地分公司业务员，都以她为楷模。

倘使在大街上遇见她，你会觉得她平凡得有点儿"出众"。自幼身患小儿麻痹症，使得她的手脚僵直，走路一颠一颠的，手也明显不如常人灵活。别人说她非常能干，销售量达到其他人的三倍，但从她的外形来判断，你是绝对不会相信的。

她是个苦命的人，自幼饱尝疾患之苦。人到中年，又经历"灭顶"之灾：她所在的工厂倒闭了，她成了下岗工人。更悲惨的是，在苦难降临时，丈夫不是与她并肩担负，而是落井下石，断然与她离婚，还丢下孩子不闻不问。

没有工作，又带着个孩子，最艰难时，他们连吃饭的钱都没有了。一位大学同学打算帮助她，就把她介绍到现在的公司做业务员。

面试时，经理一见她，立马皱起眉头。做业务员，首要问题就是相貌虽不要求花容月貌，至少也要长得不能太寒酸。否则，缺乏亲和力，给顾客的第一印象不好，就很难开展下一步沟通工作。其次，她手脚不灵便。因为这是一家饲料添加剂公司，产品销售的对象，都是在偏僻地域的养殖场。凭她的经济能力，肯定无法购买自己的私人用车，即便可以买得起，也未必能考取驾驶执照。手脚不灵便，她也不能像其他业务员那样骑摩托车。那么远的路程，她怎么到达呢？倘使以上问题都可以迁就，还有一个致命的弱点，是她无法回避的：她对养殖业一窍不通，没有专业知识，拿什么去说服对方，使用她的产品呢？

简单的面试后，经理对她说："你先回去吧，有消息我会通知你的！"她意识到所谓"回去等消息"，就是遥遥无期。于是，她恳请经理："给我一个试用期吧，到时候不行，你不让我走，我自己会走的！"碍于情面，经理勉强同意她留下来。

在同学的帮助下，她认真地研究了销售对象的资料，第二天就踏上了征途。

这是一家养猪场，在一处僻静的山脚下，汽车不通，只能走过去。这段路很漫长，她从早上七点出发，直到上午十点多才走到目的地。其间，她一路问，才没有偏离方向。

八月盛夏，阳光毒辣得如同一把火，在她的头顶上燃烧，她觉得自己好像要被烤熟了。眼看别人快要吃午饭了，为了抓紧时间，她稍做调整，立即去找养猪场的老板。老板得知她的意图后，冷冷地说："你先回去，需要时就打电话给你！"

下午两点多，午睡后的养猪场老板，发现她还坐在门口的树荫下，十分震惊地问："你怎么没回去？"她笑了笑说："我好不容易来一次，上午时间紧，也没有跟您讲清楚，我现在想详细地跟您介绍了一下我们公司的产品……"到这时，她午饭还没有吃。或许正是这种执着打动了对方，他终于同意订购产品。她回去时，夜色已经降临，等她精疲力尽地回到住地，已经是深夜了。后来，有心人帮她计算了一下里程，她那天步行了六十多公里。

还有一位兽医站的站长，有北方人倔强的性格，很难做通他的工作。以前的业务员都无功而返，大家都放弃啃这块"硬骨头"了。但她，最终将这笔业务做通了。其他业务员都很好奇，你一不请他吃饭喝酒，二不送礼，人又长得丑陋，凭什么让那位站长屈服了呢？原因其实很简单，她不怕吃闭门羹，不怕碰壁，一次被拒绝，她还会去第二次、第三次，很多地方，她去过六七次是正常的，有的地方，她自己都记不清去过多少次。不达目的不罢休，越是拒绝，越有挑战性，她越有兴趣去完成，这是她的工作方针，站长就是被她的顽强感动了。

如今，她已经是赫赫有名的明星业务员。连公司老总都赞赏她："骨子里就是个天才的业务员。"

留一段风景作向往

　　八月盛夏，去庐山旅游，第三天下午安排的景点是三叠泉。两天半的行程，足够让人疲惫不堪了，何况我还带着个孩子。本打算原地休息，等候团队旅游归来，但导游听说我不打算去三叠泉，十分中肯地说："不到三叠泉，等于没有到庐山，三叠泉是庐山的精华所在，不能不去！"在众人的劝说下，我打起精神，领着儿子踏上征程。

　　到处青峦叠嶂，石骨嵯峨，一步一风景，让人惊叹不已。为了安全，导游一再强调："看景不走路，走路不看景！"向山谷下行的阶梯狭窄陡峭，石阶沿绝壁而生，一面临着深谷，尽管有栏杆，但"险"字还是提在心坎儿上。为了确保安全，我让儿子靠绝壁的一面走，自己一手扶着栏杆，一手紧紧地拉着他的小手。峡深壑险，峭壁耸挺，我们颤颤巍巍地逐级而下，生怕一失足，骨碌到山涧里去了。台阶有如天阶，下山时，走在你前面的人，仿佛是在你的脚下；返回的时候，走在你前面的人，又仿佛是踏在你的头顶上了。

　　"无限风光在险峰"，倘若不踏入这幽深的峡谷，怎么可能领略到庐山第一奇观呢？站在三叠泉前，瀑布琼花碎玉般乱溅着的晶莹多芒的水花，清凉剔透。古人赞曰："上级如飘云拖练，中级如碎石摧冰，下级如玉龙走潭，散珠喷雪，真天下绝景。"抬头仰望，瀑布抛珠溅玉，宛如白鹭千片，上下争飞；又如百副冰绡，直挂长空，万斛明珠，九天飞洒。果真是"不到三叠泉，不算庐山客"。儿子沐浴在清凉的泉水中，许久不肯离去。

　　最后一个景点是小天池诺那塔院。一听说是"小天池"，大家摩拳擦掌，急切地想揭下小天池的神秘面纱。我也未去过天池，却听说过它的宁静与纯美，宛如蓝色宝石，镶嵌山巅，清纯得让人有夺魄之感。可惜长白山的天池遥不可及，眼下一个小天池替代，也算了却了一段心愿。

不过，临下车时，导游对我说："天气热，这个景点你们可以不去了！"因为带着个小孩子，导游一路上提供了很多方便，自然对他也产生了一种信赖。我听取了他善意的劝告，和儿子躲在空调大巴里，等候其他游客的归来。

还没有到导游规定的集合时间，去小天池的游客陆续返回了，个个大汗淋漓，从他们的议论中，我得知，所谓的小天池，不过是一泓已经变了质的池水，一点儿没有预想的那样山清水碧，林壑优美。归途中，他们一直都在抱怨，责备景点不应该假以这样的美名来诱惑游客。而我，因为没有亲眼看见，心中仍保留了一点儿想象的空间，那小天池，在我的心目中，依然美丽如初。三叠泉轰鸣的瀑布，依旧荡漾襟怀。旅游归来，我带回最美好的记忆，还保留了少许向往，庐山在我的记忆中愈加完美了。

游览景点，未必要处处尽兴，留一段风景，作为向往，虽说有点遗憾，却不影响整体的完美与情趣。

人生也如一段景致，无须时时要达到巅峰，留一些未竟的理想，作为渴望，未必不是一个大境界！

一元钱的捐助

面包车在狭窄的河堤上颠簸着，同行的年轻女同事很担心地问："车子掉进河里怎么办？我可不会游泳啊！"她的话让车内的气氛骤然紧张起来，路面太窄了，一辆车就占据了整个路面，纵使对面是一个行人，也很难交错。更何况，路两边都是一人多高的芦苇，车子宛如一只小船，小心地穿梭在芦苇中间。

坐在前排的主任指着前方问我："路边站着的小姑娘是你们班的吗？"透过车窗，我看见雅雅站在草丛中，她在避让我们的车辆。我打开车门，让她上来。

　　为了家访，我们一大早就出发了，因为道路生疏，走了不少冤枉路。为了更快地找到雅雅家，我一路询问，还与她母亲保持电话联系，在她母亲的遥控下，我们总算没有迷失方向。雅雅是个有心的孩子，她竟步行了一里多路，到河堤上迎接我们。

　　小姑娘见到我很高兴。她是班级里成绩顶尖的学生，我一向很喜欢她。但前段时间，因为一件小事，改变了我对她的看法。

　　附近小学的一位学生身患绝症，对方发来倡议书，希望我们学校能够给予爱心捐助。在班会上宣读倡议书后，担心没人响应，我又强调：钱是次要的，哪怕是一元两元，关键是一份爱心。

　　下午，雅雅在办公室门前徘徊了很久，最后好像鼓足了勇气，走进办公室，小心翼翼地问我："老师，爱心捐款是不是规定要交多少钱啊？"

　　我笑着回答："怎么会呢，爱心捐助是没有限制的。"

　　"那——我捐一元钱可以吗？"她迟疑了一下，嗫嚅着问道。

　　她的话让我猝不及防，隔壁班最少也交了五元，她这样品学兼优的学生，关键时刻怎么能打退堂鼓呢？

　　心里虽然这么想，但嘴上还是应允着："钱不拘泥多少，关键是捐一份爱心！"小女孩伸出右手，摊开紧攥的拳头，里面是一枚带着体温的一元硬币。

　　我总觉得，一滴水可以折射蓝天，细微之处也可以见人根本。并非刻意为之，但自从那一元钱的捐助后，我对雅雅的态度淡了许多。

　　汽车不知道拐了多少个弯，终于在村头停了下来。这是一座偏僻的小村庄，不到此走一遭，我根本无法体会到孩子们上学的艰难。上周一，雅雅上学迟到，为了显示公正与公平，我对雅雅也不手软，罚她站在教室门口。

　　很显然，小姑娘今天很高兴，她兴奋得像一只活蹦乱跳的小兔子，在她妈妈面前也抑制不住心中的快乐。她的母亲是一位淳朴的乡下女子，一个劲儿邀请我们进屋喝杯水，为了赶时间，我谢绝了。

　　雅雅的身边还站着一个七八岁的小女孩，我问雅雅："你妹妹？"她抿着嘴笑着点点头。

　　一声刺耳的尖叫让空气凝固片刻，坐在台阶上一个三四岁的小男孩，用他的方式表达着愤怒。似乎在提醒大家，"别忽视了我"。小男孩挣扎着站起来，蹒跚着走了两步，雅雅赶紧上前扶住他，很明显，小男孩是个脑瘫病人……

　　回去的路上，我的脑海里一直浮现着这一家人的音容笑貌，还有雅雅捐献的一元钱。已经快两个学期了，我对这位小女孩的了解还是太少，仔细回想一下，我的确没有看见雅雅在学校里买过零食，这是她与其他孩子的不同之处。

　　还有璐璐，另一位同样捐助一元钱的小姑娘。今天家访时，从村民口中得知她家的生活也很不易。父母离异，父亲还摔断了腿。

　　突然间，我发现自己的浅薄和无知。此时，我最想做的，就是向她们深深地鞠一个躬。

父 爱 无 言

　　父亲生性木讷，只会干活，不善言辞。在他的身上继承了祖辈所有厚重的特质——勤劳善良、敦实淳朴。

　　相对现在来说，那是个久远的年代，久远得让人记不起父亲和他当年的模样了。但父亲感化他的过程，却成了当地家喻户晓的教育子女的标尺：哪家的父亲责打自己的孩子，总有人拿这位父亲做劝解的理由。或者哪家的孩子不成器，也总有人拿那个儿子做教育的榜样。时间已久远，人们已淡漠了那个年代贫瘠与岁月留下的伤痕。但这个故事，却一直口口相传，成了我们的景仰。

　　他一直是父亲的骄傲，机灵过人，凭着他的才智，他不仅可以让全村的孩子围着他转，就连大人，也对他心服口服。村里的老人都说他以后会是个大人物。就凭这一点，别的孩子早早地辍学，下地干活挣工分了，他的父亲却不管日子过得有多艰难，也要执意让他去城里读书。父亲希望家里能够走出一个"穿皮鞋"的人。父辈们都是穿草鞋、布鞋的，一辈子都没有仰头做过人，他是他们的渴望。

　　父亲背上点儿干粮，步行了五十多里地，赶到了城里。班主任的讲述让这个地道的农民心痛不已：他迷恋上了看电影——《流浪者》，课也不专心上了……那个年代，电影是唯一的娱乐，一部电影会轮放很多天的。而一天到晚泡在电影院里的人，就被视为"不想好"的了。

父亲欲哭无泪，儿子是他春天播撒下的种子啊，还等着秋天收稻子的呢，怎么突然变成瘪谷了呢？见到儿子，他的喉结嗫嚅了几下，终于什么也没有说。他惊异父亲的突然到来，父亲只是说要来看看他——母亲想他了。

晚上儿子又要去看电影，他抵制不住《流浪者》对他的诱惑，那迷人的丽达时时牵动着他的心，他的耳际总萦绕着那首主题歌。父亲没有说什么，只是默默地跟在他身后，无奈地目送着儿子进了电影院，一直等到电影结束，父亲又迎来了最后一个出来的孤独的儿子。儿子不知道在他看电影这段时间里，父亲一个人是如何在冰冷的街头度过的。他没有去想，也不愿意去想，他的脑海中只有电影中的一幕幕场景。

"好人的儿子一定是好人，贼的儿子一定就是贼。"他是农民的儿子，那就注定是农民了……偶尔，儿子也会想这些的。但他很快就否认这个突如其来的想法。他还是希望自己能够如愿以偿地穿上皮鞋，可以在城里干净的街道上散步，可以像城里人一样，很悠闲地看着电影。

接下去的几天，父亲就像一个跟班的一样，他去看电影，父亲就默默地守候在外面，什么都没说，什么也没做。父亲唯一做的只有深夜的辗转，压得那张小床"吱吱"作响，伴着父亲长一声、短一声的叹息。

那段时间，电影院门口都会有个怪老头，傻傻地蹲在门口，眼巴巴地瞅着来来去去的人流。等电影结束后，他们一前一后地回来，一路无言。就这样一直过了一个星期。

那天他走出电影院的时候，天正下着小雨，父亲笼着袖子，来回地小跑着，兴许是有点儿冷了。看着儿子出来，父亲用手背抹了一把鼻涕，转身准备回去。

儿子突然拦在父亲的前面，质问父亲："为什么不骂我？"父亲的嘴角抽搐了几下，他太想说些什么了，但最终也还是什么都没能说出来。儿子突然拉起父亲的手，用力地敲在自己的头上，几近号叫："你为什么不打我？"父亲用力撤回自己的胳膊，两行老泪，无言地挂在脸颊上，在昏黄的路灯下，越发清亮。

"你明天回去吧，我知道自己该做什么了！"他说。

第二天，父亲回去了。第二年夏天，儿子以优异的成绩，考取了中国政法大学。那位父亲现在已是七十多岁的老人了。

仰视父爱

儿时，仰视父亲，是因为身高的差距。父亲是一棵挺拔的大树，矗立在我的世界中，那茂密的浓荫是我奋飞的起点和支点。

那时，在我心中，父亲俨然是一本内涵丰富的百科全书。天上的云彩，地上的花朵，花开花落，冬去春来……睿智的父亲都会作出圆满的解释。经他的巧手指点，世间万物都被赋予了生命与情感。物我相映，是快乐祥和的本源，我可以与花儿为伴，蝶儿共舞，生命自然相携为趣。青葱年少的我，满世界都是童话般的美好。

犹记夏日黄昏时，父亲常牵着我的小手，在落日的余晖里，一直散步到厂区后面的学校。尽管只是高中，却是当地最高学府。校园内的操场上，总有高高大大的学生，生龙活虎般地争抢着篮球。还有三三两两苦读的学生，零星地点缀着校园外的草地和田垄。我幼小的思想暗自萌发了朴素的意愿，一定要与书香为伴。感谢父亲，为我的人生蓝图巧妙地安排细节。

父亲从不打骂我们，但他的眼睛极具威慑力。做了错事，父亲眼角的余光，就足以让我们震慑。不过，父亲极为大度，他允许我们犯错误，毕竟，我们只是孩子，但他绝对不允许我们犯同样的过错。回望这三十多年的历程，父亲充当的角色，是父亲，是老师，是镜子，更是朋友。

在我踟蹰不前时，父亲总以他丰厚的阅历，诠释我心中迷惘。高考那年，因为做模拟试卷不理想，我对自己的能力产生了怀疑。父亲洞察出我的沮丧，以书桌上的墨水瓶与文具盒为例，向我演示一个看似浅显却让我终身受益的道理："在解题过程中，你想到的是墨水瓶，别人想到的是文具盒，各有千秋，不要把目光停留在自己的不足上……"这句话，不仅伴我度过高考，还陪伴我以后的人生旅程，无论得失，我都能辩证对待。

威严的父亲从不乏慈爱。小时候，尽管生活拮据，父亲却会在我生日那天，给我一枚散发着余温的煮鸡蛋。长大后，父亲为了支持我上大学，不惜举债。而今，我的孩子已经上小学了，刮风下雨，总会惹起父亲无端的愁绪，他担心我接送孩子不方便。父亲常是笑着说："父亲，就是付不清啊，付不清这本儿女账啊！"其实父亲说反了，付不清的，应该是身为儿女的我们。岁月的厚重，将父爱酝酿成一首无韵的诗歌，无需韵脚与脚注，低头，便可回味他经年的香醇。

父亲是乐善的，他因此广受敬重。即便现在，已是双鬓如烟的他，行为意识中乐于助人的习惯，依旧保持，并在我们身上得到传承。去年夏天，父亲到城里小住。一天傍晚，天气突变，乌云夹着狂风，低低地压境而来。在小区门口，遇见一个卖西瓜的中年汉子，他央求父亲把车里剩下的几个西瓜都买下，这样他就可以回家了。父亲转身望着我，我懂得他的心思，毫不犹豫地买下那些瓜，成全了父亲那颗乐善的心。

岁月荏苒，宛如清风，将父亲这本古雅的图书，越翻越薄。倘若将逝去的流光还原成册，串成一本厚重的日历，页页都记载着不尽的父爱。

不知何时，父亲的脊背佝偻起来，他愈发地瘦弱单薄了。但无论何时，看他，都需要仰视！

母爱从不偷懒

　　自从2009年年初，武汉市江岸区谌家矶五公里长的堤坝上，每天都出现一位五十多岁的母亲，以超出常人行走速度的两倍，疾速奔走于这长堤之上。她成了这条堤坝上的一道风景线，无论风吹雨打，还是烈日炎炎，她都以这一姿势诠释着中国式的母爱。

　　她就是陈玉蓉。十八年前，儿子叶海斌得了肝病，2008年病情突然恶化，医生告诉她："这种疾病随时可能导致死亡，要挽救孩子，唯一的办法就是尽快进行肝移植。"此时的陈玉蓉只有一个念头：她一定要给儿子第二次生命，她坚决要求将自己的肝移植一部分给儿子。

　　体检报告出来了，但她竟是六度脂肪肝，割肝救子之门"砰"的一声在陈玉蓉面前合上了。为了安抚这位绝望母亲，医生对她说："为了救孩子，你先试试减肥，看看能否减去脂肪肝。"很多人都知道，要想在短时间内消除脂肪肝，那是绝对不可能的事，但这却给她点燃了一丝希望，从此，她奔走在长长的堤坝上。

　　四大火炉城市中，江城武汉素有"一代炉魁"之称。这里因江河湖泊众多，水汽大量蒸发，团团热气将整个城市罩住，地面热量散发得慢，人体表面的热量也难以散发，宛如桑拿，汗出如浆，闷热难耐。这样的天气里，即便坐着不动，也会汗流浃背的，更何况陈玉蓉，这个高血压患者。在死神面前，她想到的不是自己，而是儿子，死神挡不住她疾走的脚步。

　　为更快达到减肥效果，她每餐只吃半个拳头大的饭团，肚子饿了就忍着，或者喝一点儿开水充饥。有时也想吃点儿肉，可用筷子夹起肉，一想到儿子就又放下去了。身体虚弱的陈玉蓉在暴走过程中，常常感觉头重脚轻，气喘吁吁。她要求自己："走，再走，坚持走！"

　　谌家矶堤坝上没有任何照明设施，几天前，一位中年妇女就在这段路上被车撞身亡。尽管如此，陈玉蓉的脚步并没有停下来。很多在这里锻炼身体的人，总会因为各种原因缺席于这条堤坝，但她从没有偷过懒。即使雨下得看不清路面了，也从未阻止过这位母亲匆匆的步伐。

　　七个多月，211天，她就以这样的速度暴走2100公里，相当于从武汉到北京来回的距离。她体重减轻了八公斤，穿破了四双鞋子，脚上的老茧长了就刮，刮了又长，而几条裤子的腰围紧了又紧。肝穿显示脂肪肝没有了！她创造了爱的奇迹。

　　这是一场命运的马拉松，她的脚步为人们丈量出母爱的厚重。母爱可以创造奇迹，因为母爱从不偷懒。

母亲的眼神

　　随着年龄的增长，母亲的眼睛一年不如一年了，白色的翳子慢慢地在她的眼球边缘蔓延，迎风还会流泪。她的眼神也逐渐浑浊了，母亲真的老了。

　　年轻时，她可不是这样的。在我的心里，母亲的眼神锐利得像一把锥子，时刻可以刺穿我们做作的外表，母亲面前，容不得我们来半点虚假。我常常会很好奇，难道母亲的额头，也长着二郎神那样的第三只法眼？但母亲却说她的心是明的，所以眼睛也是亮的。

　　小时候，闯祸的事时常会有，在母亲刀子似的目光下，我所有的谎言和借口，都一层一层地被剥离，只剩下赤裸裸地带着过错的我。几番较量之后，我知道，经过母亲眼神的透视，我会像孙悟空一样，被她的第三只法眼看出原形来，所有的抗拒都属徒劳。最终，我逐渐放弃了用托词来搪塞的企图，"一步到台口"的坦诚与直白，成为我做人的习惯。想一想，这么多年来，我的生活如此简单、轻松，真的要感谢母亲，是她教会我正视过错，勇于承担责任，而不是借一个谎言去澄清错误，再找更多的理由，来支撑这个谎言。

高考那两年，我连续落榜，这让母亲无地自容。在邻家孩子升学的鞭炮和道贺声中，母亲的目光足以喷射出一支支利箭，是嫉妒，还是责备？我分不清楚。我知道，心高气傲的母亲，恨我恨得牙痒痒，她说过："你考不上大学，就是在剜我的心！"那段时间，她的眼神恍惚而空洞，邈远得望不到底的瞳孔里，可以硬生生地吞咽下一个人，我不敢与她对视。但她终究没有将我生吞活剥掉，只是眼神突然暗淡下去，她病倒了。

复读那年，只要闭上眼睛，就可以感受到母亲无处不在的眼神，宛如针尖，扎在我的脊梁上。在这目光的囚禁下，我度过高中时代最充实、最刻苦的一年。

大学四年里，我始终不能摆脱心结，母亲曾经满是芒刺的眼神，依旧一根一根戳在我的体腔内，我的自尊心在这芒刺中阵阵疼痛。母亲与我之间，客气而生疏，放假时，我只是家中暂住的客人。

其实，早在我接到大学通知书的那一刻，母亲的眼神在熠熠放光后就倏然柔和了。当我们长大成人时，那目光不再是"对"与"错"那么简单了，而是无由地多了一道中间地带——那就是默许。平和的母亲，语重心长地对我们说过："养儿育女这根棒子，我是顺利交到你们手里了，你们现在也为人父母，儿女成不成器，要看你们自己的了！"

岁月如轮，一圈一圈地沉淀在母亲的瞳仁里，她逐渐浑浊的眼神里，多了一份坦然，少了一份期许，母亲又回到了原点。当她穿针引线偶尔也要让我帮忙时，我可以感觉到，母亲凝望着我的眼神如此绵柔，我仿佛又是她怀里的婴儿了。

一　面

　　我与她只见过一面。

　　她是一位旧式的江南妇人，头上扎着一帕蓝白相间的旧式方巾，身形瘦小、苍老，身上的衣服洗得发白，却也干净整齐。

　　初见她时，我分明看见她笑容背后的羞涩。接下去，居然不见她的影踪，只听得阁楼上"咚咚咚……"的响声，有人在上上下下地跑着。过了一段时间，她终于出现了，端来了一碗热腾腾的茶叶蛋，原来她跑来跑去地忙，是急于煮好待客的茶叶蛋。江南的习俗，贵客登门时，要以茶叶蛋款待的。

　　她是深山里的女人，一辈子没有出过远门，集镇就是她去过的最远、最繁华的地方。或许这是她怕见生人的原因。第一次见到陌生的我，竟也羞赧。

　　我与她只见过那一面，却牢牢记住了这位旧式的女子。记住的不仅是她的笑容、她的羞涩，还有她的谦恭。

　　记忆中，她倚着门框，看我们在厅堂里说话，吃葵花籽。她却像一个怯懦的少年，不肯与我们同坐一起，因为这样她更显得不知所措。

　　旧式的江南女子，是没有身份与地位的，无论长幼，即便自己的孩子也是直呼其名的。爱人与他的姐弟们当时都呼她为"娥"，我竟不知如何去称呼她，我是不忍心直呼这位母亲名字的，尽管这是当地的习俗。

　　其实我如何称呼她，并不重要，因为她不懂普通话，我也不会说江南的方言。倘若没有爱人在中间翻译，我们之间的交流只是微笑。微笑是她最简洁的语言，她那淡淡的，满含羞涩的笑容，一直烙印在我心里最温柔的地方。记忆中的她，总是那么温和，没有主妇惯有的那种喧嚣。即便在她的孩子面前，她也低微得像个仆人。

　　从她的神色中，我可以看出她的快乐，她是想接近我们的，但她终没有跨出那道门槛，只是远远地、微笑着看着我们，像是害羞的孩子。每次发现我也在打量她时，就又匆匆地回到厨房，好像那里突然又有很多的事情在等着她。

　　她有两个儿子，一个是抱养的，一个是亲身生的；一个比较懂事，一个相当调皮；一个是大学毕业，一个连初中都没有读完；一个备受她的偏袒，一个总埋怨她偏心。那个得宠的大学生却不是她的亲生儿子。对她而言，是不是她亲生的无关紧要，关键都是她从襁褓中一手拉扯大的，她亲眼看着这孩子一天天地长大，这才是做母亲最值得骄傲的地方。或许，当她开始承担起做母亲的责任时，她就没有把他当别人的孩子。特定的环境，制约着山里人的经济，生活异常拮据，她却将这个抱养的孩子供养到大学毕业。还总在这个孩子回学校的时候，再悄悄地塞给他一些私房钱。她舍不得这个孩子在外面冻着、饿着。这个抱养的孩子，就是我的爱人。

　　她没有读过书，却喜欢别人能够多读书，爱人一直是她的骄傲。可惜她去得突然，我们还没有来得及回报她，她就这样匆匆离去。

　　整理她的遗物时，爱人说找到一罐剥好的葵花籽仁，她是准备让他捎给我的，因为她看见我特别喜欢吃她亲手炒的葵花籽。爱人把那罐葵花籽仁带给我时，我的心里，就默默记下了这位很少言语，操劳一辈子，却从来没有过怨言的江南旧式女子。

　　十几年前的初见，我只是她儿子的女友，所以不曾称呼她为"妈妈"，还没有等到我们结婚，她就猝然逝去。留给我们的仅仅是一张办理身份证时多余的一寸照片，这也是她一生中唯一的照片。她就是我无缘的婆婆。

　　很多年以后，重拾起这段记忆，因为又是一年清明时。

爱 的 姿 势

最美的爱的姿势是什么？是拥抱？是亲吻？还是化蝶以后的翩翩飞舞？在我的眼里，永恒的爱的姿势，就是在危难之际的奋不顾身，在意外面前的挺身而出……

灾难悄然降临，母亲在无法抱着孩子奔脱险境的情况下，双膝跪地，双手伏地，以她并不宽阔的脊梁，为孩子撑起一片天空。救援部队发现母亲的时候，她已经停止了呼吸，但她怀抱下那个三四个月大的婴儿，却安然无恙。突如其来的地震，并没有让母亲惊慌失措，她选择了最具保护力的屈膝弓背姿势，诠释了爱的深刻内涵。

爱的姿势，就是意外面前的沉静与挺身而出。

废墟下面，还有一个已经没有生命体征的母亲，依旧把孩子拥在胸前，孩子吮吸着母亲的乳汁，却不知道自己的母亲已经死了。母亲在临死之前，最后一次将母爱倾注给她的孩子。

爱的姿势，就是把爱毫无保留地倾注的那个姿势。

一位老师在地震袭来的时候，将四名学生塞到讲台下面，自己用双手死死护住了讲台，救援人员赶来的时候，想解救出讲台下的四名学生，但无论怎么用力，都扳不开老师护住讲台的手。他就以这样的姿势，定格了老师对学生永久的爱。

爱的姿势，是将生的希望留给别人，自己保持的那个姿势。

为了拯救废墟下的幸存者，战士们用手刨开坍塌的楼房，指尖流着鲜血，自己累了垮了，全然不顾，仍然哭着对着搀扶他的战友说："求求你，让我再救一个吧！"

爱的姿势，就是在别人危难之际的奋不顾身。

　　一只只素不相识的手，纷纷向捐款箱投入了自己对灾区人民的爱心。一位老人，将自己搬煤饼换来的血汗钱捐献出来；众多孩子，打破了自己的储蓄罐，将平时积攒的零用钱，全部投进了捐款箱。

　　爱的姿势，就是在他人遭受灾难时的慷慨救助。

　　一双双颤抖的手捧着蜡烛，为灾区人民默默祈福；一根根摁在汽车喇叭上的手指，以经久不歇的长鸣为灾难的5·12沉痛哀悼；一个个满是泪痕的脸庞，记住了这举国的哀思；一声声"汶川，加油！"的口号，寄托着中华大地心系汶川的深情。

　　所有这些都是最完美的爱的姿势，都以它特有的姿势，筑就这块爱的丰碑。

　　一场无情的灾难，给我们带来了无尽的哀痛，灾难面前，我们不退缩，不放弃，放大了人性的完美，放大了人与人之间的大爱无疆。举国上下，老人与孩子携手，穷人与富人同行，熟悉的人与陌生的人同去，以这些永恒的姿势，预示着祖国的明天与希望。

落 花 有 声

　　校园大门边，有一株高大的广玉兰，硕壮的树冠，伞似的撑起好大一片阴凉，是歇脚的好地方。

　　初夏，广玉兰开得正欢。洁净的花儿，东一朵，西一朵，半隐半露地展示着少女的娇羞。花心朵朵朝上，让我想起五心向上的肉身菩萨。莲一样的花，也与佛有解不开的缘。

　　花开无声，仿佛阳光下婉转的笑容。微风吹送，馥郁的花香一浪拍打着一浪。有型又有味，我喜欢花开的姿势，如同树梢上高高挂起的灯盏

　　落花，是有声音的。花瓣坠地，"砰"的一声，仿佛轻叩心门。我喜欢站在树下，

低头谛听生命的韵律。也喜欢站在高楼上，俯瞰低处的花树。每一个有关生命的主题都可能成为一道风景。

看门的老人，一手拿着扫帚，一手端着箕畚，仔细地把每一片刚落下的花瓣拾掇起来。树下，永远干干净净。收拾了残花，树又是年轻的。老人神色怡然，对落花丝毫不见嫌恶之情，仿佛不是在清扫垃圾，而是在完成一项庄严的使命。花开得勤，落花纷纷，整个上午，他一遍又一遍重复着同样的工作，乐此不疲。

树叶的缝隙中，还零星地夹着几瓣泛黄的落花，老人取来一根竹竿，小心地将花瓣剔下来。他的动作很轻缓，似乎是怕弄坏了叶子或者其他花朵。接着，老人又搬出一条长凳，坐在树荫下看报纸。

来来回回地从树下经过，树上树下，都被老人收拾得井然有序，树是新崭崭的。我对老人，又多了一重感激。

今天中午放学时，他的老伴特意叫住我，夸奖我"真是文化人"。我的信件和稿费单都是经由老人签收的，他们对我的物品格外慎重，每次都是单独放进抽屉里。别人的信件，都是按照常规放在橱窗里的。

久而久之，我与老人之间多了几许默契，每次有我的信件，从他的眼神中我就可以判断出来。偶尔，无信件的日子，老人也仿佛安慰我似的添上一笔注脚："你的信还在路上！"见到老人时的心情总是愉快的。

喜欢老两口不仅因他们对我格外地照顾，更多的是他们那份勤谨与谦恭。传达室里有很多杂物，但老人可以把它们各就各位，传达室依旧是整洁的。遇到阴雨天，那里还有浓郁的桂花香味。起初并未留意，次数多了，忍不住要问一句："怎么这样香啊？"他笑着解释："老太婆怕天阴雨，房间味道不好闻，就洒了点儿香水！"其实，我们都是匆匆客。

老人是个勤快人，歇不下来。闲暇时，时节不同，他们从家里带来的东西也不同，初夏的桃子和栀子花，九月的桂花，深秋的柿子……老人不吝啬，更不市侩，他们总是用脸盆装着摆放在我们签到的桌子上，签过到的人，随手就可以拿几个。我们还常常开玩笑说：签到的有奖赏。这奖赏，是老人给的。

暑假就要开始了，两个月的假期，不知道如何安置桌上的吊兰。思前想后，传达室是最好的地方。把花盆端进去传达室，老人心领神会地接过去，指着花盆承诺似的说：要定期浇水！看看屋后的窗台，已摆放了好几盆花，他们比我来得还早。

把花交给老人，再放心不过了。

破 茧 而 出

小时候，家里一只老母鸡孵小鸡。母亲要去上工，就叮嘱我看好母鸡，以免母鸡不小心把刚孵化出来的小鸡踩死了。有些没有经验的鸡妈妈，时常会犯这样的错误。小鸡出了壳，焐干了绒毛，就必须拿出来，单独放进一只塞着棉絮的小木桶里。

我喜欢小动物，对小鸡也不例外。为了最大程度地照顾好这些小鸡，我每隔一段时间就把老母鸡抱出来，看看小鸡有没有破壳而出。自然是神奇的，一只鸡蛋里竟然可以生长出一只小鸡，对当时的我来说，是太玄妙了。小鸡天生就会啄壳，虽然有的蛋壳完好无损，但放在耳边细听，就可以听见微弱的啄壳声"笃，笃，笃……"它们耐心地啄着壳，像是在敲一扇通往世间的大门。

大多数小鸡都可以破壳而出，但有的就没这么幸运。我想，是不是它没有力气啄开壳，才闷死在壳中。为了给予它们更多生的机会，我把剩下的鸡蛋挑出来，从鸡喙啄破的地方，把余下的蛋壳一点点剥离，让它们畅快地降临到这个世界。

不过，后果不是我预想的。被我拉进这个世界的小鸡，很快就悄然离世了，它们甚至连站立的机会都没有过。我不知道其中的玄机。

长大后才明白，原来啄壳的过程虽然痛苦，但这个历程，却是小鸡成长时不可缺少的重要阶段。因为这个过程的磨砺，小鸡会更茁壮。后来，我再见到小鸡费力地啄着蛋壳时，我会带着喜悦的心情在一旁凝听，宛如倾听生命的足音。

再后来，儿子与我犯了同样的错误。他养了几条蚕，但他等不及蚕蛾自己从茧里钻出来，就撕开蚕蛹。结果呢？蚕蛾没有像蝴蝶那样飞起来，它们的翅膀太脆弱了，身体也太虚弱了。

早晨上班时，看见一位朋友骑着车，送他上高中的孩子上学。我很好奇，高中生了，还需要这样呵护？朋友笑了笑，为了给孩子节约时间嘛！不止如此，孩子除了学习，连挤牙膏，打洗脸水之类事情，都由父母包办了，孩子成了单纯的读书机器。这让我又想起那些被我剥离蛋壳的小鸡，它们是那么的脆弱。

作为家长，总希望孩子一路顺风，少走弯路。所以尽可能地去帮助他们，恨不能有捷径超越。但他们忽视了一个现实，孩子成长的过程中，除了知识的增长，还有阅历的增长，有时候还需要走一些弯路，就像一阵风吹过，树苗在左右摇摆的过程中，根基才更扎实，枝干才更韧性。以苦难作为垫脚石，脚下的路会走得更踏实。

美丽的蝴蝶都会飞起来的，因为它们有破茧而出后的坚强。你会不会让你的孩子自己"破茧而出"呢？

 为 你 写 诗

他和她相识，还是二十年前的事。

那一年，她刚上大学，他已经是大三的学生了。厚厚的一场冬雪，一夜之间将校园装饰成童话里的雪国。他和几个同学在雪地上拍照。突然，一阵悦耳的笑声，宛如风中的飞雪，与他撞了个迎面。循声望去，一位身穿红色羽绒服的女孩子坐在雪地上，她们也在拍照。他的心，仿佛被微风撩起一角的门帘，从窄窄的缝隙中钻出一股淡淡的爱意。就这样，他们俩认识了。

不久，他们也成了校园里一段流动的风景。黄昏，他们手牵着手，在草地上散步；周末，他们静静地坐在阅览室里看书。无论走到哪里，她都快乐得像一只小

鸟,空气中弥漫着她的欢歌笑语。他像欣赏一件艺术品似的,小心地呵护着她,珍爱着她。

　　一年后,寒假开学了,他没有等到她。她向来是个遵守纪律的好学生,没有理由的迟到,是不可能的事。但这次,开学三天了,她还没有到校,这让他十分着急。他不断向她的老乡打听她的情况,可惜那里实在太偏僻了,没有人知道她迟迟未到的原因。

　　他渐渐按捺不住心中的焦虑,跑去找她的辅导员老师,老师也很奇怪她为什么突然不来读书了,她还说:"我也无能为力,电话联系不上,那里没有电话!"二十年前,可以考取大学,是很不简单的事情,并且,上了大学就意味着拥有了工作。她再傻,也不至于把到手的铁饭碗丢掉吧。他一封接一封的信都石沉大海,又一个月过去了,她依然没有丝毫的音讯,他等得非常疲惫,便开始诅咒这个"笨得要死"的女人。

　　她曾经告诉过他,山里最流行的通信方式就是"喊话"——站在较高的地方,向着要传达消息的方向,高声吆喝,听到吆喝的人,会像传声筒一样,一个接一个把话喊下去。他曾经为这种奇特的通信方式惊奇不已,但现在,他开始憎恨这种通信方式,那里没有人可以帮他传递他的思念、他的焦虑,他唯一可以做的,只能把这些密密麻麻地写在纸上,然后邮寄过去。但她好像突然从地球上消失了似的,没有任何回音。思念的虫子,一点一点地啃噬着他,每到夜深人静时,他都会哭着给她写诗,写他的思念,他的担忧,他的愤怒。他一边毫无保留地思念着她,一边毫不留情地痛恨着她,他恨她的决绝无情,恨她的不辞而别。他的诗歌,是用思念蘸着眼泪和诅咒写出来的,诗行像满载的拖船,在河流中漂移。沉甸甸的爱,将船舷压得很低很低,倘使风浪再大一点,船体就会与它载负的爱一起,倾覆在急流之中。

　　那年暑假,他去寻找心中的结。按照信封上的地址,一路找寻,在别人的指引下,他走了三天的山路,在最高的山峰前,他止住了。那是一座需要仰视的高山,他心中的恋人,像神仙一样,就居住在白云的深处。借着月色,夜里十一点多,他才跌跌撞撞地敲开向往已久的门。一路上,他都在寻思:为他开门的,肯定是她。但打开那扇黑漆漆大门的人,却是一位五十多岁的乡下汉子——她的父亲。

　　他拿着书信,向他们打听着她的消息,等到的却是一片死寂。

第二天清晨，老人把他带到一座新坟前，指着矮矮的土坟，老人泣不成声。原来，那年寒假，她突然高烧不止，最后确诊为急性白血病……

后来，他养成了一个习惯，想她时，恨她时，就不停地写诗，一写就是二十年。如今，他成了当地一名小负盛名的诗人。